U0079012

不小心就學會日語

最適合初學者的日語文法書

一看就懂的學習方式
循序漸進攻略日語文法

＋
MP3

附50音發音表

雅典日研所 企編

50音基本發音表

清音

a ㄚ		i ㄧ		u ㄨ		e ㄝ		o ㄡ	
あ	ア	い	イ	う	ウ	え	エ	お	オ
ka ㄎㄚ		ki ㄎㄧ		ku ㄎㄨ		ke ㄎㄝ		ko ㄎㄡ	
か	カ	き	キ	く	ク	け	ケ	こ	コ
sa ㄙㄚ		shi ㄒ		su ㄙㄨ		se ㄙㄝ		so ㄙㄡ	
さ	サ	し	シ	す	ス	せ	セ	そ	ソ
ta ㄊㄚ		chi ㄑㄧ		tsu ㄘ		te ㄊㄝ		to ㄊ	
た	タ	ち	チ	つ	ツ	て	テ	と	ト
na ㄋㄚ		ni ㄋㄧ		nu ㄋㄨ		ne ㄋㄝ		no ㄋㄡ	
な	ナ	に	ニ	ぬ	ヌ	ね	ネ	の	ノ
ha ㄏㄚ		hi ㄏㄧ		fu ㄈㄨ		he ㄏㄝ		ho ㄏㄡ	
は	ハ	ひ	ヒ	ふ	フ	へ	ヘ	ほ	ホ
ma ㄇㄚ		mi ㄇㄧ		mu ㄇㄨ		me ㄇㄝ		mo ㄇㄡ	
ま	マ	み	ミ	む	ム	め	メ	も	モ
ya ㄧㄚ				yu ㄧㄩ				yo ㄧㄡ	
や	ヤ			ゆ	ユ			よ	ヨ
ra ㄌㄚ		ri ㄌㄧ		ru ㄌㄨ		re ㄌㄝ		ro ㄌㄡ	
ら	ラ	り	リ	る	ル	れ	レ	ろ	ロ
wa ㄨㄚ				o ㄨ				n ㄣ	
わ	ワ			を	ヲ			ん	ン

濁音

ga ㄍㄚ		gi ㄍㄧ		gu ㄍㄨ		ge ㄍㄝ		go ㄍㄡ	
が	ガ	ぎ	ギ	ぐ	グ	げ	ゲ	ご	ゴ
za ㄗㄚ		ji ㄐㄧ		zu ㄗ		ze ㄗㄝ		zo ㄗㄡ	
ざ	ザ	じ	ジ	ず	ズ	ぜ	ゼ	ぞ	ゾ
da ㄉㄚ		ji ㄐㄧ		zu ㄗ		de ㄉㄝ		do ㄉㄡ	
だ	ダ	ぢ	ヂ	づ	ヅ	で	デ	ど	ド
ba ㄅㄚ		bi ㄅㄧ		bu ㄅㄨ		be ㄅㄟ		bo ㄅㄡ	
ば	バ	び	ビ	ぶ	ブ	べ	ベ	ぼ	ボ
pa ㄆㄚ		pi ㄆㄧ		pu ㄆㄨ		pe ㄆㄝ		po ㄆㄡ	
ぱ	パ	ぴ	ピ	ぷ	プ	ぺ	ペ	ぽ	ポ

拗音　　　　　　　track 004

kya ㄎㄧㄚ	kyu ㄎㄧㄩ	kyo ㄎㄧㄡ
きゃ キャ	きゅ キュ	きょ キョ
sha ㄒㄧㄚ	**shu** ㄒㄧㄩ	**sho** ㄒㄧㄡ
しゃ シャ	しゅ シュ	しょ ショ
cha ㄑㄧㄚ	**chu** ㄑㄧㄩ	**cho** ㄑㄧㄡ
ちゃ チャ	ちゅ チュ	ちょ チョ
nya ㄋㄧㄚ	**nyu** ㄋㄧㄩ	**nyo** ㄋㄧㄡ
にゃ ニャ	にゅ ニュ	にょ ニョ
hya ㄏㄧㄚ	**hyu** ㄏㄧㄩ	**hyo** ㄏㄧㄡ
ひゃ ヒャ	ひゅ ヒュ	ひょ ヒョ
mya ㄇㄧㄚ	**myu** ㄇㄧㄩ	**myo** ㄇㄧㄡ
みゃ ミャ	みゅ ミュ	みょ ミョ
rya ㄌㄧㄚ	**ryu** ㄌㄧㄩ	**ryo** ㄌㄧㄡ
りゃ リャ	りゅ リュ	りょ リョ

gya ㄍㄧㄚ	gyu ㄍㄧㄩ	gyo ㄍㄧㄡ
ぎゃ ギャ	ぎゅ ギュ	ぎょ ギョ
ja ㄐㄧㄚ	**ju** ㄐㄧㄩ	**jo** ㄐㄧㄡ
じゃ ジャ	じゅ ジュ	じょ ジョ
ja ㄐㄧㄚ	**ju** ㄐㄧㄩ	**jo** ㄐㄧㄡ
ぢゃ ヂャ	づゅ ヂュ	ぢょ ヂョ
bya ㄅㄧㄚ	**byu** ㄅㄧㄩ	**byo** ㄅㄧㄡ
びゃ ビャ	びゅ ビュ	びょ ビョ
pya ㄆㄧㄚ	**pyu** ㄆㄧㄩ	**pyo** ㄆㄧㄡ
ぴゃ ピャ	ぴゅ ピュ	ぴょ ピョ

● | 平假名 | 片假名 |

名詞

名詞句

形容詞

い形容詞句

な形容詞句

ます形

自動詞

他動詞

疑問詞

動詞

字典形／常體非過去形

常體否定形（ない形）

使用ない形的表現

常體過去形（た形）

使用た形的表現

て形

使用て形的表形

使用常體的表現

意量形

使用意量形的表現

命令形

可能形

被動形

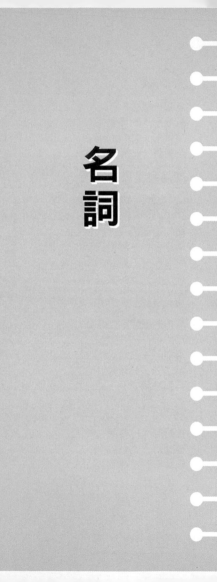

名
詞

名詞
指示代名詞
人稱代名詞
名詞＋の／と＋名詞

名詞

説明

名詞是用來表示人、事、物的名稱，或是用來表示抽象概念的詞。可以分為「普通名詞」、「既有名詞」、「外來語」、「數量詞」等種類。

普通名詞：廣泛指稱同一事物的名詞。

例詞

雨 あめ	雨
猫 ねこ	貓
野菜 やさい	蔬菜
本 ほん	書

外來語：自其他語言音譯而來的名詞。

例詞

テレビ	電視
パソコン	電腦
エアコン	冷氣
パン	麵包

既有名詞：某一事物的固定名稱，如地名、人名…等。

例 詞

<ruby>東京<rt>とうきょう</rt></ruby>	東京
<ruby>名古屋<rt>なごや</rt></ruby>	名古屋
<ruby>琵琶湖<rt>びわこ</rt></ruby>	琵琶湖
<ruby>佐藤<rt>さとう</rt></ruby>	佐藤（姓氏）

數量詞：用以表示數量或順序等。

例 詞

<ruby>一<rt>ひと</rt></ruby>つ	一個
<ruby>一日<rt>ついたち</rt></ruby>	（每個月的）一號
<ruby>二人<rt>ふたり</rt></ruby>	兩個人
<ruby>三<rt>みっ</rt></ruby>つ	三個

整理

名詞分類	定義	例
普通名詞	廣泛指稱同一事物的名詞。	<ruby>猫<rt>ねこ</rt></ruby>、<ruby>本<rt>ほん</rt></ruby>
外來語	自其他語言音譯而來的名詞。	テレビ、パン
既有名詞	某一事物的固定名稱，如地名、人名。	<ruby>東京<rt>とうきょう</rt></ruby>、<ruby>佐藤<rt>さとう</rt></ruby>
數量詞	用以表示數量或順序等。	<ruby>一<rt>ひと</rt></ruby>つ、<ruby>三<rt>みっ</rt></ruby>つ

指示代名詞

説明

代名詞是屬於名詞的一種，指的是「可以代替名詞的詞」。指示代名詞指的是用來代指特定事物、地點、方向等的名詞。

指示代名詞	代指事物	代指方向	代指地點
近距離 （靠近說話者）	これ （這個）	ここ （這裡）	こちら ／こっち （這邊）
中距離 （靠近聽話者）	それ （那個）	そこ （那裡）	そちら ／そっち （那邊）
遠距離 （距兩者皆遠）	あれ （那個）	あそこ （那裡）	あちら ／あっち （那邊）
不定稱	どれ （哪個）	どこ （哪裡）	どちら ／どっち （哪邊）

人稱代名詞

説明

代名詞中除了指示代名詞外，另外還有人稱代名詞，即為一般所說「你、我、他」等。

人稱代名詞	敬稱（對長輩）	一般稱呼（對平輩）
第一人稱	わたくし／	わたし（我） 私たち（我們）
第二人稱（對稱）	あなた／ あなたさま （您）	あなた（你） あなた達（你們） あなた方（你們）
第三人稱（他稱）	この方 （這一位）	この人（這個人） その方（那一位） その人（那個人） あの方（較遠的那一位） あの人（較遠的那個人） 彼（他） 彼ら（他們） 彼女（她） 彼女達（她們）
不定稱	どなた （哪一位）	どの人（哪個人） どなた様（哪一位） どなた（哪個人） どの方（哪一位） 誰（哪個人）

名詞＋の／と＋名詞

說明

前面學過了各種名詞的分類。若是要將兩個名詞同時使用的時候，該怎麼辦呢？這時就要在兩個名詞的中間加上「の」或是「と」等助詞，來表示兩個名詞之間的關係。「の」是表示兩個名詞間的所屬、所有關係。「と」則是表示兩個名詞是同等並列關係。（在此先列出較常用的名詞接續方式，在助詞的篇章中會有其他助詞用法的說明。）

例句

☞何時の飛行機ですか。（所屬、所有）

　幾點的飛機呢？

☞彼の靴です。（所屬、所有）

　他的鞋子。

☞社長の息子です。（所屬、所有）

　老闆的兒子。

☞先生と学生です。（同等並列）

　老師和學生。

☞部長と部下です。（同等並列）

　部長和部下。

☞本と雑誌です。（同等並列）

　書和雜誌。

名詞句

名詞句－非過去肯定句

ここは学校です

這裡是學校

説 明

名詞句的基本句型，可以依照肯定、否定、過去、非過去、疑問等狀態來做變化。「ここは学校です」是屬於「非過去肯定」的名詞句，「です」是代表現在或未來的肯定。「ここ」和「学校」的部分，可以套用前面學到的各種名詞和代名詞，以熟悉並活用句子。

例 句

☞ 父は会社員です。

家父是上班族。

☞ 今日は土曜日です。

今天是星期六。

☞ これはパンです。

這是麵包。

☞ 彼は外国人です。

他是外國人。

☞ 明日は一月一日です。

明天是一月一日。

名詞句－過去肯定句

ここは学校（がっこう）でした

這裡曾是學校

説明

「でした」是用於過去、肯定的表現方式，「ここは学校でした」是屬於「過去肯定」的名詞句。「ここ」和「学校」的部分，可以套用接下來前面學到的各種名詞，以熟悉並活用句子。

例句

☞一年前（いちねんまえ）、私（わたし）は会社員（かいしゃいん）でした。

一年前，我曾是上班族。

☞昨日（きのう）は休みでした。

昨天是休假日。

☞ここは学校（がっこう）でした。

這裡曾經是學校。

☞昨日（きのう）はいい天気（てんき）でした。

昨天是好天氣。

☞あの人（ひと）は課長（かちょう）でした。

那個人曾經當過課長。

• track 009

名詞句－非過去肯定疑問句

ここは学校ですか
這裡是學校嗎？

説明

「ここは学校ですか」是屬於「非過去肯定疑問句」的名詞句，「か」用於表示疑問。在日文正式的文法中，即使是疑問句，也使用句號，而非問號，一般而言，問號是使用在雜誌、漫畫等較輕鬆閱讀的場合。

例句

☞あなたは台湾人ですか。

你是台灣人嗎？

☞これは辞書ですか。

這是字典嗎？

☞トイレはどこですか。

洗手間在哪裡呢？

☞あの人は誰ですか。

那個人是誰呢？

☞それはアルバムですか、シングルですか。

那是專輯，還是單曲呢？

名詞句－過去肯定疑問句

ここは<ruby>学校<rt>がっこう</rt></ruby>でしたか

這裡曾是學校嗎？

説明

「ここは学校でしたか」是屬於「過去肯定疑問句」的名詞句。「でした」用於過去、肯定的表現方式；「か」則用於表示疑問。同樣的，在正式文章中，句尾是使用句號，而非問號。

例句

☞<ruby>今日<rt>きょう</rt></ruby>はどんな<ruby>一日<rt>いちにち</rt></ruby>でしたか。

今天是怎樣的一天呢？

（問今天一天中，已經過去的時間過得如何）

☞あの<ruby>人<rt>ひと</rt></ruby>はどんな<ruby>子供<rt>こども</rt></ruby>でしたか。

那個人曾經是怎麼樣的孩子呢？

☞<ruby>昨日<rt>きのう</rt></ruby>は<ruby>雨<rt>あめ</rt></ruby>でしたか。

昨天曾經下雨嗎？

☞ここは<ruby>公園<rt>こうえん</rt></ruby>でしたか。

這裡曾經是公園嗎？

☞<ruby>小学校<rt>しょうがっこう</rt></ruby>の<ruby>先生<rt>せんせい</rt></ruby>は<ruby>誰<rt>だれ</rt></ruby>でしたか。

小學時的老師是誰呢？

名詞句－非過去否定句

ここは学校ではありません

這裡不是學校

説 明

「ではありません」表示非過去的否定。因此「ここは学校ではありません」是屬於「非過去否定句」的名詞句，意思是「這裡並非學校」。除了「ここは学校ではありません」，也可以用「ここは学校じゃありません」。在下面的例句中，「ではありません」和「じゃありません」兩者間皆可替代使用。

例 句

☞私は佐藤ではありません。

　我不是佐藤。

☞これは本ではありません。

　這不是書。

☞ここは駅ではありません。

　這裡不是車站。

☞あの人は先生ではありません。

　那個人不是老師。

☞今は三月じゃありません。

　現在不是三月。

名詞句－過去否定句

ここは学校（がっこう）ではありませんでした

這裡過去不是學校

説 明

「でした」是用於過去、肯定的表現方式，而「ではありません」表示非過去的否定，兩者合成一句則是過去否定的意思。因此「ここは学校ではありませんでした」是屬於「過去否定句」的名詞句，意思是「這裡過去並非學校」。除了「ここは学校ではありませんでした」，也可以用「ここは学校じゃありませんでした」。在下面的例句中，「ではありませんでした」和「じゃありませんでした」兩者間皆可替代使用。

例 句

☞ 昨日（きのう）は休（やす）みではありませんでした。
　昨天不是假日。

☞ 先月（せんげつ）は二月（にがつ）ではありませんでした。
　上個月不是二月。

☞ おとといは雨（あめ）ではありませんでした。
　前天不是雨天。

☞ 朝（あさ）ごはんはパンじゃありませんでした。
　早餐不是吃麵包。

名詞句－非過去否定疑問句

ここは学校(がっこう)ではありませんか

這裡不是學校嗎？

説明

「ではありません」表示非過去的否定，在後面加上表示疑問的「か」，是表示非過去否定疑問的意思。因此「ここは学校ではありませんか」是屬於「非過去否定疑問句」。使用這句話時，除了是直接表達否定疑問之場合外，也用在心中已經認定ここ就是学校，但是用反問的方式問「這裡不是學校嗎」，以委婉表達自己的意見。同樣的，「ではありません」和「じゃありません」兩者間皆可替代使用。

例句

☞彼女(かのじょ)は増田(ますだ)さんではありませんか。

　她不是增田小姐嗎？

☞それは椅子(いす)ではありませんか。

　那個不是椅子嗎？

☞明日(あした)は日曜日(にちようび)ではありませんか。

　明天不是星期天嗎？

☞あの人(ひと)は部長(ぶちょう)じゃありませんか。

　那個人不是部長嗎？

名詞句－過去否定疑問句

ここは学校ではありませんでしたか

這裡過去不是學校嗎？

説明

「ではありませんでした」表示過去的否定，在後面加上表示疑問的「か」，是表示過去否定疑問的意思。因此「ここは学校ではありませんでしたか」是屬於「過去否定疑問句」的名詞句，意思是「過去這裡不是學校嗎」。使用這句話時，使用這句話時，除了是直接表達否定疑問之場合外，也用在心中已經認定這裡是學校，但是用反問的方式問「這裡不是學校嗎」，以委婉表達自己的意見。同樣的，「ではありませんでしたか」和「じゃありませんでしたか」兩者間皆可替代使用。

例句

☞ 彼は医者ではありませんでしたか。

　　他以前不是醫生嗎？

☞ 先週は休みではありませんでしたか。

　　上星期不是放假嗎？

☞大学時代の先生は伊藤先生ではありませんでし
　たか。

　大學時的老師不是伊藤老師嗎？

☞ここは動物園ではありませんでしたか。

　這裡過去不是動物園嗎？

☞昨日は晴れじゃありませんでしたか。

　昨天不是晴天嗎？

名詞句總覽

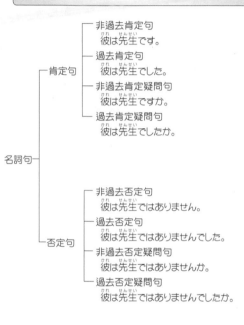

名詞句

肯定句
- 非過去肯定句
  彼は先生です。
- 過去肯定句
  彼は先生でした。
- 非過去肯定疑問句
  彼は先生ですか。
- 過去肯定疑問句
  彼は先生でしたか。

否定句
- 非過去否定句
  彼は先生ではありません。
- 過去否定句
  彼は先生ではありませんでした。
- 非過去否定疑問句
  彼は先生ではありませんか。
- 過去否定疑問句
  彼は先生ではありませんでしたか。

形容詞

い形容詞
な形容詞

い形容詞

説明

日文中的形容詞大致可分為兩類，分別是「い形容詞」和「な形容詞」。大致上的分辨方法是，字尾為「い」結尾的形容詞為「い形容詞」。（但是偶爾會有例外，可參加「な形容詞」之章節。）

例詞

おいしい	好吃
黒い	黑的
甘い	甜的
小さい	小的
大きい	大的
面白い	有趣的
嬉しい	高興的
優しい	溫柔的

い形容詞＋です

説明

描敘人、事、物時，可以單獨使用「い形容詞」，但加上「です」會較為正式和有禮貌。

例句

☞おいしいです。
　好吃。

☞黒いです。
　黑色的。

☞甘いです。
　很甜。

☞小さいです。
　小的。

☞面白いです。
　有趣。

☞嬉しいです。
　高興。

い形容詞＋名詞

「い形容詞」後面要加名詞時，不需做任何
的變化，直接套用即可。

例 句

☞おいしいパンです。

　好吃的麵包。

☞黒い熊です。

　黑色的熊。

☞小さい箱です。

　小的箱子。

☞大きい体です。

　巨大的身體。

☞面白い映画です。

　有趣的電影。

☞優しい人です。

　溫柔的人。

• track 014

い形容詞（變副詞）＋動詞

說明

將「い形容詞」轉換詞性成副詞，放在動詞前面時，要將「い」改成「く」，後面再加上動詞。（此處著重形容詞變副詞的部分，動詞變化可參照後面動詞之篇章。）

例句

☞おいしく食べます。（おいしい→おいしく）
津津有味地吃。

☞小さく切ります。（小さくい→小さくく）
切得小小的。

☞大きく書きます。（大きい→大きく）
大大地寫出來。

☞面白くなります。（面白い→面白く）
變得有趣。

☞嬉しくなります。（嬉しい→嬉しく）
變得開心。

☞優しくなります。（優しい→優しく）
變得溫柔。

い形容詞＋形容詞

説明

兩個形容詞連用時，如果是「い形容詞」在前面，就要把「い」變成「くて」，後面再加上另一個形容詞即可（在後面的形容詞不用變化）。

例句

☞甘くておいしいです。（甘い→甘くて）
既甜又好吃。

☞おいしくて甘いです。（おいしい→おいしくて）
既好吃又甜。

☞小さくて黒いです。（小さい→小さくて）
既小又黑。

☞黒くて小さいです。（黒い→黒くて）
既黑又小。

☞優しくて面白い人です。（優い→優くて）
既溫柔又有趣的人。

☞面白くて優しい人です。（優い→優くて）
既有趣又溫柔的人。

な形容詞

説明

前面提到了，日文中的形容詞大致可分為兩類，分別是「い形容詞」和「な形容詞」。「な形容詞」的字尾並沒有特殊的規則，但是在後面接名詞時，需要加上「な」字，所以稱為「な形容詞」。以下介紹幾個常見的「な形容詞」。一般來說，外來語的形容詞，都屬於な形容詞。

例詞

ユニーク	獨特的
元気	有精神的
静か	安靜的
上手	拿手
賑やか	熱鬧的
好き	喜歡的
大変	嚴重的／不得了
複雑	複雜的
きれい	漂亮的／乾淨的

（きれい雖然為い結尾，但是屬於「な形容詞」）

な形容詞＋です

説　明

描敘人、事、物時，可以單獨使用「な形容詞」，而加上「です」會較為正式和有禮貌。

例　句

☞元気(げんき)です。

有精神。

☞静(しず)かです。

安靜。

☞上手(じょうず)です。

拿手的。

☞賑(にぎ)やかです。

很熱鬧。

☞好(す)きです。

喜歡。

☞大変(たいへん)です。

糟了。／不得了了。

☞複雑(ふくざつ)です。

很複雜。

な形容詞＋名詞

説 明

「な形容詞」後面加名詞時，要在形容詞後面再加上「な」，才能完整表達意思。

例 句

☞静かな公園です。

安靜的公園。

☞賑やかな都会です。

熱鬧的城市。

☞好きなうたです。

喜歡的歌。

☞大変なことです。

辛苦的事。／糟糕的事。

☞複雑な問題です。

複雜的問題。

☞きれいな人です。

美麗的人。

な形容詞（轉副詞）＋動詞

説明

「な形容詞」後面加動詞時，要在形容詞後面再加上「に」，將「な形容詞」變為副詞之後，再加上動詞。

例句

☞静かに食べます。

　安靜地吃

☞上手になります。

　變得拿手。

☞元気に答えます。

　有精神地回答。

☞好きになります。

　變得喜歡。

☞大変になります。

　變得嚴重。／變得糟糕。

☞きれいに書きます。

　漂亮地寫。／整齊地寫。

な形容詞＋形容詞

説明

両個形容詞連用時，如果是「な形容詞」在前面，就要在「な形容詞」後面加上「で」，後面再加上另一個形容詞即可（在後面的形容詞不用變化）。

例句

☞静かできれいです。

既文靜又漂亮。／既安靜又整齊。

☞きれいで静かです。

既漂亮又文靜。／既整齊又安靜。

☞大変で複雑です。

既糟糕又複雑。

☞複雑で大変です。

既複雑又糟糕。

☞元気できれいな人です。

既有精神又漂亮的人。

☞きれいで元気な人です。

既漂亮又有精神的人。

い形容詞句

非過去肯定句
過去肯定句
非過去肯句疑問句
過去肯定疑問句
非過去否定句
過去否定句
非過去否定疑問句
過去否定疑問句
延伸句型
總整理

い形容詞句－非過去肯定句

彼<ruby>彼<rt>かれ</rt></ruby>はやさしいです

他很溫柔

説明

形容詞句的基本句型和名詞句很類似，也是用「ＡはＢです」的型式。名詞句中，Ａ和Ｂ都是套用名詞；而在形容詞句中，後面的Ｂ則是套用形容詞。因此在本句中「彼」是名詞，「やさしい」是い形容詞。

例句

☞<ruby>値段<rt>ねだん</rt></ruby>は<ruby>高<rt>たか</rt></ruby>いです。

價格很高。

☞<ruby>冬<rt>ふゆ</rt></ruby>は<ruby>寒<rt>さむ</rt></ruby>いです。

冬天很冷。

☞<ruby>仕事<rt>しごと</rt></ruby>は<ruby>多<rt>おお</rt></ruby>いです。

工作很多。

☞<ruby>公園<rt>こうえん</rt></ruby>は<ruby>大<rt>おお</rt></ruby>きいです。

公園很大。

☞<ruby>服<rt>ふく</rt></ruby>は<ruby>新<rt>あたら</rt></ruby>しいです。

衣服是新的。

☞<ruby>時間<rt>じかん</rt></ruby>は<ruby>長<rt>なが</rt></ruby>いです。

時間很長。

●track 018

い形容詞句－過去肯定句

彼_{かれ}はやさしかったです

他以前很溫柔

説 明

い形容詞的過去式，是去掉了字尾的「い」
改加上「かった」，而句子最後面的「です」
則不需要做變化。在本句中，可以看到非過
去肯定的「やさしい」，變化成過去式的時
候，就變成了「やさしかった」。

例 句

☞値段_{ねだん}は高_{たか}かったです。（高_{たか}い→高_{たか}かった）

價格曾經很高。

☞去年_{きょねん}の冬_{ふゆ}は寒_{さむ}かったです。（寒_{さむ}い→寒_{さむ}かった）

去年的冬天很冷。

☞仕事_{しごと}は多_{おお}かったです。（多_{おお}い→多_{おお}かった）

工作曾經很多。

☞この公園_{こうえん}は大_{おお}きかったです。
（大_{おお}きい→大_{おお}きかった）

這座公園曾經很大。

☞この服_{ふく}は新_{あたら}しかったです。
（新_{あたら}しい→新_{あたら}しかった）

這件衣服曾經是新的。

☞時間_{じかん}は長_{なが}かったです。（長_{なが}い→長_{なが}かった）

時間曾經很長。

い形容詞句－非過去肯定疑問句

彼はやさしいですか

他很溫柔嗎

説明

在非過去肯定句「AはBです」的後面加上表示疑問的「か」，就是非過去肯定疑問句，其中A是名詞（句中的「彼」），B則是い形容詞句（句中的やさしい）。同樣的，疑問句在正式的文法中，句末是用句號而非問號。

例句

☞値段は高いですか。

　價格很高嗎？

☞冬は寒いですか。

　冬天很冷嗎？

☞仕事は多いですか。

　工作很多嗎？

☞この公園は大きいですか。

　這座公園很大嗎？

☞この服は新しいですか。

　這件衣服是新的嗎？

☞時間は長いですか。

　時間長嗎？

い形容詞句－過去肯定疑問句

彼はやさしかったですか

他以前很溫柔嗎

説明

前面曾經提到，い形容詞的過去式，是去掉了字尾的「い」改加上「かった」，在本句中，可以看到非過去肯定中的「やさしい」，變化成過去式的時候，就變成了「やさしかった」。而在「彼はやさしかったです」後面加上表示疑問的「か」，就是完整的過去肯定疑問句。

例句

☞ 値段は高かったですか。

　價格曾經很高嗎？

☞ 去年の冬は寒かったですか。

　去年的冬天很冷嗎？

☞ 仕事は多かったですか。

　工作曾經很多嗎？

☞ 公園は大きかったですか。

　公園曾經很大嗎？

☞ 服は新しかったですか。

　衣服曾經是是新的嗎？

☞ 時間は長かったですか。

　時間曾經很長嗎？

● track 020

い形容詞句－非過去否定句

彼はやさしくないです

他不溫柔

説明

い形容詞的否定形，是去掉了字尾的「い」改加上「くない」，而句尾的「です」則不變。在本句中，可以看到非過去肯定中的「やさしい」，變化成否定的時候，就變成了「やさしくない」。除這種變化方法外，也可以寫成「やさしくありません」；「ありません」是動詞「沒有」的意思，在動詞前面的形容詞要去掉「い」改加上「く」，因此整句就變成了：「彼はやさしくありません」。

肯定變成否定的變化如下：

肯定→否定

やさしいです→やさしくないです

或

やさしいです→やさしくありません

例句

☞ 値段は高くないです。

（高いです→高くないです）

　價格不高。

☞ 冬は寒くないです。

（寒いです→寒くないです）

　冬天不冷。

• track 020

☞仕事は多くないです。
（多いです→多くないです）

　工作不多。

☞公園は大きくありません。
（大きいです→大きくありません）

　公園不大。

☞服は白くありません。
（白いです→白くありません）

　衣服不是白的。

い形容詞句－過去否定句

彼<ruby>は<rt>かれ</rt></ruby>やさしくなかったです

他以前不溫柔

説明

在過去肯定的句型中曾經說過，い形容詞的
過去式，是去掉了字尾的「い」改加上「かっ
た」。而否定型中加上的「ない」，剛好就
是い形容詞。因此變化成過去式的時候，就
變成了「やさしくなかった」。除這種變化
方法外，也可以寫成「やさしくありません
でした」；「ありません」是動詞「沒有」的
意思，過去式要加上「でした」，因此整句
就變成了：「彼はやさしくありませんでし
た」。
い形容詞從肯定變成否定，再變成過去否定
的變化如下：
肯定→否定→過去否定
やさしいです→やさしくないです→やさし
くなかったです
或
やさしいです→やさしくありません→やさ
しくありませんでした

例句

☞値段は高くなかったです。
（高くないです→高くなかったです）

過去的價格不高。

☞去年の冬は寒くなかったです。
（寒くないです→寒くなかったです）

去年的冬天不冷。

☞仕事は多くなかったです。
（多くないです→多くなかったです）

過去的工作不多。

☞公園は大きくありませんでした。
（大きくありません→大きくありませんでした）

以前的公園不大。

☞服は白くありませんでした。
（白くありません→白くありませんでした）

衣服以前不是白的。

い形容詞句－非過去否定疑問句

彼はやさしくないですか
他不溫柔嗎

説明

在非過去否定句「彼はやさしくないです」
後面加上代表疑問的「か」，即成為過去否
定疑問句。

例句

☞値段は高くないですか。

　價格不高嗎？

☞冬は寒くないですか。

　冬天不冷嗎？

☞仕事は多くないですか。

　工作不多嗎？

☞足は長くないですか。

　腿不長嗎？

☞公園は大きくありませんか。

　公園不大嗎？

☞服は白くありませんか。

　衣服不是白的嗎？

● track 022

い形容詞句－過去否定疑問句

彼はやさしくなかったで
すか

他過去不溫柔嗎

説明

在過去否定句「彼はやさしくなかったです」
或是「彼はやさしいくありませんでした」，
後面加上代表疑問的「か」，即成為過去否
定疑問句。

例句

☞値段は高くなかったですか。

以前價格不高嗎？

☞去年の冬は寒くなかったですか。

去年的冬天不冷嗎？

☞仕事は多くなかったですか。

以前工作不多嗎？

☞足は長くなかったですか。

以前腿不長嗎？

☞公園は大きくありませんでしたか。

公園以前不大嗎？

☞服は白くありませんでしたか。

衣服以前不是白的嗎？

い形容詞句－延伸句型

うさぎは耳が長いです
兔子的耳朵很長

説明

在本句中，我們要用「耳は長い」來形容兔子，但是「耳は長い」本身就是一個名詞句，若要再放到名詞句中的時候，就要把「は」改成「が」。變化的方式如下：

うさぎは ＿＿＿＿＿＿ です

↓

「耳は長い」改成「耳が長い」（は→が）

↓

うさぎは耳が長いです

例句

☞キリンは首が長いです。
　長頸鹿的脖子很長。

☞象は鼻が長いです。
　大象的鼻子很長。

☞佐藤さんは足が長いです。
　佐藤先生（小姐）的腿很長。

☞長谷川先生は髪が短いです。
　長谷川老師的頭髮很短。

☞あの人は頭がいいです。
　那個人的頭腦很好。

●track 023

總整理—
い形容詞的各種用法

⇨ い形容詞

おいしい。 （好吃）

⇨ 一般用法

おいしいです。 （好吃）

⇨ い形容詞＋名詞

おいしいケーキです。 （好吃的蛋糕）

⇨ い形容詞（轉為副詞）＋動詞

おいしく食べます。 （津津有味地吃）

⇨ い形容詞＋形容詞

おいしくて安いです。 （既好吃又便宜）

⇨ 非過去肯定句

ケーキはおいしいです。 （蛋糕很好吃）

⇨ 過去肯定句

昨日のケーキはおいしかったです。
（昨天的蛋糕很好吃）

⇨ 非過去肯定疑問句

ケーキはおいしいですか。 （蛋糕很好吃嗎）

➪ 過去肯定疑問句

昨日(きのう)のケーキはおいしかったですか。

（昨天的蛋糕好吃嗎）

➪ 非過去否定句

ケーキはおいしくないです。 （蛋糕不好吃）

ケーキはおいしくありません。 （蛋糕不好吃）

➪ 過去否定句

昨日(きのう)のケーキはおいしくなかったです。

（昨天的蛋糕不好吃）

昨日(きのう)のケーキはおいしくありませんでした。

（昨天的蛋糕不好吃）

➪ 非過去否定疑問句

ケーキはおいしくないですか。 （蛋糕不好吃嗎）

ケーキはおいしくありませんか。

（蛋糕不好吃嗎）

➪ 過去否定疑問句

昨日(きのう)のケーキはおいしくなかったですか。

（昨天的蛋糕不好吃嗎）

昨日(きのう)のケーキはおいしくありませんでしたか。

（昨天的蛋糕不好吃嗎）

➪ 延伸句型

田中(たなか)さんは背(せ)が高(たか)いです。

田中先生身高很高。

な形容詞句

非過去肯定句
過去肯定句
非過去肯句疑問句
過去肯定疑問句
非過去否定句
過去否定句
非過去否定疑問句
過去否定疑問句
總整理

な形容詞句－非過去肯定句

彼は元気です

他很有精神

説明

形容詞句的基本句型和名詞句很類似，也是用「AはBです」的型式，名詞句中，A和B都是套用名詞；而在形容詞句中，後面的B則是套用形容詞。因此在本句中「彼」是名詞，「元気」是な形容詞。

例句

☞発想はユニークです。

想法很獨特。

☞大家さんは親切です。

房東很親切。

☞仕事は大変です。

工作很辛苦。

☞交通は不便です。

交通不方便。

☞部屋はきれいです。

房間很乾淨。

な形容詞句－過去肯定句

彼は元気でした
他曾經很有精神

説明

な形容詞句的過去肯定句，和名詞的過去肯定句變化方式相同，是將「です」改成「でした」。

例句

☞発想はユニークでした。

　想法曾經很獨特。

☞大家さんは親切でした。

　房東曾經很親切。

☞仕事は大変でした。

　工作曾經很辛苦。

☞交通は不便でした。

　交通曾經不方便。

☞部屋はきれいでした。

　房間曾經很乾淨。

• track 026

な形容詞句－非過去肯定疑問句

彼は元気ですか
（かれ）（げんき）

他很有精神嗎

説明

在非過去肯定句「彼は元気です」的後面加上表示疑問的「か」，即是「非過去肯定疑問句」。

例句

☞発想はユニークですか。
（はっそう）

想法很獨特嗎？

☞大家さんは親切ですか。
（おおや）（しんせつ）

房東很親切嗎？

☞仕事は大変ですか。
（しごと）（たいへん）

工作很辛苦嗎？

☞交通は不便ですか。
（こうつう）（ふべん）

交通不方便嗎？

☞部屋はきれいですか。
（へや）

房間很乾淨嗎？

• track 026

な形容詞句－過去肯定疑問句

彼は元気でしたか
他曾經很有精神嗎

説明

在過去肯定句「彼は元気でした」的後面加上表示疑問的「か」，即是「過去肯定疑問句」。

例句

☞発想はユニークでしたか。

　想法曾經很獨特嗎？

☞大家さんは親切でしたか。

　房東曾經很親切嗎？

☞仕事は大変でしたか。

　工作曾經很辛苦嗎？

☞交通は不便でしたか。

　交通曾經不方便嗎？

☞部屋はきれいでしたか。

　房間曾經很乾淨嗎？

な形容詞句－非過去否定句

彼は元気ではありません

他沒有精神

説明

な形容詞句的非過去否定句和名詞句相同，
都是在句尾將「です」改為「ではありませ
ん」。同樣的，「ではありません」和「じゃ
ありません」兩者間皆可替代使用。

例句

☞発想はユニークではありません。
　想法不獨特。
☞大家さんは親切ではありません。
　房東不親切。
☞仕事は大変ではありません。
　工作不辛苦。
☞交通は不便じゃありません。
　交通不會不便。／交通很方便。
☞部屋はきれいじゃありません。
　房間不乾淨。

な形容詞句－過去否定句

彼は元気ではありませんでした

他沒有精神

説明

な形容詞句的過去否定句和名詞句相同，都是在句尾加上「でした」。同樣的，「ではありませんでした」和「じゃありませんでした」兩者間皆可替代使用。

例句

☞発想はユニークではありませんでした。

以前想法不獨特。

☞大家さんは親切ではありませんでした。

房東以前不親切。

☞仕事は大変ではありませんでした。

以前工作不辛苦。

☞交通は不便じゃありませんでした。

以前交通不會不便。／以前交通很方便。

☞部屋はきれいじゃありませんでした。

以前房間不乾淨。

•track 028

な形容詞句－非過去否定疑問句

彼は元気ではありませんか

他沒有精神嗎

例句

☞ 発想はユニークではありませんか。

想法不獨特嗎？

☞ 大家さんは親切ではありませんか。

房東不親切嗎？

☞ 仕事は大変ではありませんか。

工作不辛苦嗎？

☞ 交通は不便じゃありませんか。

交通不會不便嗎？／交通很方便嗎？

☞ 部屋はきれいじゃありませんか。

房間不乾淨嗎？

な形容詞句－過去否定疑問句

彼は元気ではありませんでしたか

他以前沒有精神嗎

説明

在な形容詞句的過去否定句的句尾，加上表示疑問的「か」，即是過去否定疑問句。

例句

☞ 発想はユニークではありませんでしたか。

以前想法不獨特嗎？

☞ 大家さんは親切ではありませんでしたか。

房東以前不親切嗎？

☞ 仕事は大変ではありませんでしたか。

以前工作不辛苦嗎？

☞ 交通は不便じゃありませんでしたか。

以前交通不會不便嗎？／以前交通很方便嗎？

☞ 部屋はきれいじゃありませんでしたか。

以前房間不乾淨嗎？

總整理—
な形容詞的各種用法

⇨ な形容詞

　まじめ。

⇨ 一般用法

　まじめです。（認真）

⇨ な形容詞＋名詞

　まじめな人です。（認真的人）

⇨ な形容詞（轉為副詞）＋動詞

　まじめに勉強します。（認真地學習）

⇨ な形容詞＋形容詞

　まじめできれいです。（既認真又漂亮）

⇨ 非過去肯定句

　彼はまじめです。（他很認真）

⇨ 過去肯定句

　彼はまじめでした。（他以前很認真）

⇨ 非過去肯定疑問句

　彼はまじめですか。（他很認真嗎）

⇨ 過去肯定疑問句

　彼はまじめでしたか。（他以前很認真嗎）

• track　029

➪ 非過去否定句
彼_{かれ}はまじめではありません。　（他不認真）

彼_{かれ}はまじめじゃありません。　（他不認真）

➪ 過去否定句
彼_{かれ}はまじめではありませんでした。

（他以前不認真）

彼_{かれ}はまじめじゃありませんでした。

（他以前不認真）

➪ 非過去否定疑問句
彼_{かれ}はまじめではありませんか。　（他不認真嗎）

彼_{かれ}はまじめじゃありませんか。　（他不認真嗎）

➪ 過去否定疑問句
彼_{かれ}はまじめではありませんでしたか。

（他以前不認真嗎）

彼_{かれ}はまじめじゃありませんでしたか。

（他以前不認真嗎）

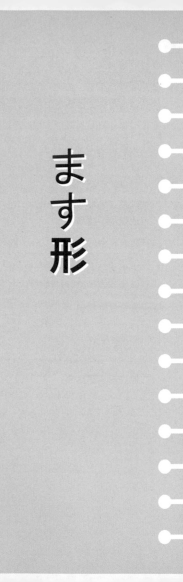

ます形

● track 030

敬體基本形—ます形

説明

在日語中，依照說話的對象不同，而有敬體、常體之分。敬體即是對長輩、上司等地位較發話者身分高的人所使用的文體。而「常體」，則是和熟識的朋友、平輩或是晚輩使用的文體。在溝通時，使用敬體是較為禮貌的，因此初學日語時，都以學習敬體的基本形（丁寧語）為主。前面學過的名詞句、形容詞句，句尾都是用「です」或是加上「でした」，就是屬於敬體的一種。接下來要學習的動詞變化，也是以動詞的敬體基本形「ます形」為主。至於動詞、名詞、形容詞的常體用法，則在後面的篇章中再做說明。

對象	形態	例
地位較發話者高	尊敬語	お会いする（會晤） （尊敬語）
地位較發話者高	基本形	会います（見面） 地位與發話者平等 （丁寧語）
地位較發話者低	常體	会う（碰面）

自動詞

自動詞
非過去肯定句
過去肯定句
非過去肯定疑問句
過去肯定疑問句
非過去否定句
過去否定句
非過去否定疑問句
過去否定疑問句
移動動詞
あります、います
總整理

• track 030

自動詞

説明

自動詞指的是「自然發生的動作」。像是下
雨、晴天、花開…等，都是自然發生的動作，
也可以說是動作自然產生變化，而不需要受
詞。為了方便學習，在這裡的動詞都以「敬
體ます形」的形式列出。（在日語中，有些
動詞既是自動又是他動，或明明是靠他人完
成的動作，卻用自動詞表現。初學者可以先
了解動詞的意思，再依動作的主語及助詞來
判別是自動詞還是他動詞。）

而自動詞在做肯定、否定、過去等形態的變
化時，主要都是語幹不變（語幹即是動詞中
ます的部分，如咲きます的語幹即是咲き），
只變後面「ます」的部分。

咲<ruby>咲<rt>さ</rt></ruby>きます	開花
<ruby>降<rt>ふ</rt></ruby>ります	降下/下（雨、雪）
<ruby>起<rt>お</rt></ruby>きます	起床
<ruby>住<rt>す</rt></ruby>みます	住
<ruby>座<rt>すわ</rt></ruby>ります	坐
<ruby>寝<rt>ね</rt></ruby>ます	睡
<ruby>落<rt>お</rt></ruby>ちます	掉下
<ruby>帰<rt>かえ</rt></ruby>ります	回去

自動詞句－非過去肯定句

じょうきょう か
状況が変わります

狀況改變

説明

自動詞的基本句型和名詞句相同，可依肯定、
否定、疑問等，分成八種。非過去肯定的句
型，是「AがVます」，其中A是名詞，就
是句中的「状況」；而V則是自動詞，即是
句中的「変わり」。句末則是用敬體的「ま
す形」。（為方便學習，初學階段建議背誦
單字時以ます形的形式背誦）
值得注意的是，在名詞句、形容詞句中都是
用「は」，但在自動詞句中，依照主語和句
意的不同，會有「は」和「が」兩種不同的
用法。為了方便學習，本書先用「が」為主
要使用的助詞。

例句

☞雨が降ります。

　下雨。

☞人が集まります。

　人聚集。

☞商品が届きます。

　商品寄到。

☞時計が動きます。

　時鐘運轉。

自動詞句－過去肯定句

状況が変わりました
状況已經改變了

説明

自動詞詞的過去肯定句，就是要將動詞從非過去改成過去式。例如本句中的「変わります」變成了「変わりました」。即是將非過去的「ます」變成「ました」。而前面的名詞、動詞語幹（ます前面的部分）則不變。

例句

☞雨が降りました。
（降ります→降りました）
已經下雨了。

☞人が集まりました。
（集まります→集まりました）
人已經聚集了。

☞商品が届きました。
（届きます→届きました）
商品已經寄到。

☞花が咲きました。
（咲きます→咲きました）
花已經開了。

• track 031

自動詞句－非過去肯定疑問句

状況が変わりますか
じょうきょう か

狀況會改變嗎

説明

在非過去肯定句的話面，加上代表疑問的
「か」即是非過去肯定疑問句。在正式文法
中，疑問句的句尾是用句號而非問號。

例句

☞雨が降りますか。
あ ふ

　會下雨嗎？

☞人が集まりますか。
ひと あつ

　人會聚集嗎？

☞商品が届きますか。
しょうひん とど

　商品將會寄到嗎？

☞時計が動きますか。
とけい うご

　時鐘會運轉嗎？

☞花が咲きますか。
はな さ

　花將開了嗎？

自動詞句－過去肯定疑問句

状況が変わりましたか

状況已經改變了嗎

説明

在「過去肯定句」後面加上表示疑問的「か」，即是過去肯定疑問句；同樣的，在正式文法中，句尾是用句號而非問號。

例句

☞雨が降りましたか。

已經下雨了嗎？

☞人が集まりましたか。

人已經聚集了嗎？

☞商品が届きましたか。

商品已經寄到了嗎？

☞先生が来ましたか。

老師來了嗎？

☞花が咲きましたか。

花已經開了嗎？

自動詞句－非過去否定句

状況が変わりません

状況將不改變

説明

自動詞句的非過去否定句，就是要將動詞從肯定改成否定。即是將肯定的「ます」變成「ません」。例如本句中的「変わります」變成了「変わりません」。而前面的名詞、動詞語幹（ます前面的部分）則不變。

例句

☞雨が降りません。（降ります→降りません）
不會下雨。

☞人が集まりません。（集まります→集まりません）
人（將）不會聚集。

☞商品が届きません。（届きます→届きません）
商品不會寄到。

☞時計が動きません。（動きます→動きません）
時鐘不運轉。

☞花が咲きません。（咲きます→咲きません）
花不開。

自動詞句－過去否定句

状況が変わりませんでした

状況沒有改變

説 明

自動詞句的過去否定句，只要在「非過去否
定句」的句尾，加上代表過去式的「でした」
即可。

例 句

☞雨が降りませんでした。
（降りません→降りませんでした）

沒有下雨。

☞人が集まりませんでした。
（集まりません→集まりませんでした）

人沒有聚集。

☞商品が届きませんでした。
（届きません→届きませんでした）

商品沒有寄到。

☞時計が動きませんでした。
（動きません→動きませんでした）

時鐘沒有運轉。

☞花が咲きませんでした。
（咲きません→咲きませんでした）

花沒有開。

自動詞句－非過去否定疑問句（1）

状況が変わりませんか

狀況將不改變嗎

説明

在自動詞句的非過去否定句後面，加上表示
疑問的「か」，即是表示非過去否定疑問。

例句

☞雨が降りませんか。

不會下雨嗎？

☞人が集まりませんか。

人（將）不會聚集嗎？

☞商品が届きませんか。

商品不會寄到嗎？

☞時計が動きませんか。

時鐘不運轉嗎？

☞花が咲きませんか。

花不開嗎？

• track 034

自動詞句－非過去否定疑問句（2）

1. 休みませんか
不休息嗎／要休息嗎

2. 休みましょうか
要不要一起休息

説 明

非過去否定疑問句還有一個特別的用法，就是用在詢問對方要不要做某件事，或是邀約對方的時候。就像是中文中，邀請時會問對方「要不要～呢？」，日文也是用「～ませんか」，來表示詢問。另外，也可以將「～ませんか」改成「～ましょうか」更加強邀約以及共同去做某事之意。除此之外，可以把「～ましょうか」的「か」去掉，也同樣是表示邀約對方共同從事某事。而這裡使用的動詞，則是自動詞、他動詞皆可。

例 句

☞公園に行きませんか。

不去公園嗎？／要不要一起去公園呢？

（不確定對方要不要去而詢問）

☞公園に行きましょうか。

要不要一起去公園呢？

（覺得對方會想去而提出邀請）

• track　034

☞公園に行きましょう。

　一起去公園吧！

　（幾乎確定對方會一起去，而提出出發的邀請）

☞泳ぎませんか。

　不游泳嗎？／要不要一起去游泳呢？

　（不確定對方要不要游）

☞泳ぎましょうか。

　要不要一起去游泳呢？

　（覺得對方會想游）

☞泳ぎましょう。

　一起去游泳吧！

　（幾乎確定對方想去游）

自動詞句－過去否定疑問句

状況が変わりませんでしたか

狀況沒有改變嗎

説明

在自動詞句的過去否定句後面加上代表疑問的「か」，即完成了過去否定疑問句。

例句

☞雨が降りませんでしたか。

　沒有下雨嗎？

☞人が集まりませんでしたか。

　人沒有聚集嗎？

☞商品が届きませんでしたか。

　商品沒有寄到嗎？

☞時計が動きませんでしたか。

　時鐘沒有運轉嗎？

☞花が咲きませんでしたか。

　花沒有開嗎？

• track 035

自動詞句－移動動詞（1）
具有方向和目的地

行きます、来ます、帰ります

説明

在日文的自動詞中，有一種具有「方向感」的動詞，稱為「移動動詞」。像是來、去、走路、散步、進入、出來…等。

第一種移動動詞，就是表示來或是去，具有「固定的目的地」。這個時候，就要在目的地的後面加上助詞「に」或是「へ」。（關於助詞的用法，在助詞的篇章中也會有詳細的介紹）下面列出幾個常見的移動動詞。

例 詞

行きます（去）、来ます（來）、帰ります（回去）、通います（定期前往）、戻ります（回到）

例 句

☞会社へ行きます。

去公司。

☞会社に行きます。

去公司。

☞台湾へ来ます。

來台灣。

☞台湾に来ます。

來台灣。

☞うちへ帰^{かえ}ります。

　回家。

☞うちに帰^{かえ}ります。

　回家。

☞塾^{じゅく}へ通^{かよ}います。

　固定去補習班。

☞塾^{じゅく}に通^{かよ}います。

　固定去補習班。

自動詞句－移動動詞（２）
在某範圍內移動／通過某地點

散歩します、歩きます、
飛びます

說明

第二種的移動動詞，是表示在某個範圍中移動，或是通過某地，助詞要用「を」。

例詞

散歩します（散步）、歩きます（走路）、飛びます（飛）、渡ります（橫渡）、通ります（通過）

例句

☞公園を散歩します。

在公園裡散步。

☞道を歩きます。

在路上走。／走路。

☞道を通ります。

通過道路。

☞海を渡ります。

渡海。

☞鳥が空を飛びます。

鳥在空中飛翔。

（在本句中，可以看到進行動作的主語「鳥」，後面用的助詞是「が」，然後在移動的範圍「空」後面，則是用助詞「を」）

自動詞句－います、あります

1. 教室に先生がいます。
老師在教室裡／教室裡有老師在

2. 教室に机があります。
教室裡有桌子

説明

「います」、「あります」在日語是很重要的兩個自動詞。在日語中，要表示「狀態」時，通常都會用到這兩個單字，而兩個單字都是「有」的意思。

這裡先就最基本的意思學習，在後面動詞變化的篇章中則會有更進步的用法介紹。

「います」是用來表示生物的存在，而「あります」則是用來表示非生物的存在。在例句中，表示地點會用「に」，存在的主體後面則是用「が」，最後面再加上「います」或「あります」，便完成了句子。

例句

☞駐車場に猫がいます。

（地點＋に＋生物＋います）

停車場有貓。

☞駐車場に車があります。

（地點＋に＋非生物＋います）

停車場有車。

☞庭に兄がいます。

（地點＋に＋生物＋います）

　哥哥在院子裡。

☞庭に花があります。

（地點＋に＋非生物+います）

　院子裡有花。

總整理－自動詞句

▷ **非過去肯定句**
雪が降ります。 （下雪）

▷ **過去肯定句**
雪が降りました。 （下過雪了）

▷ **非過去肯定疑問句**
雪が降りますか。 （會下雪嗎）

▷ **過去肯定疑問句**
雪が降りましたか。 （下過雪嗎）

▷ **非過去否定句**
雪が降りません。 （不會下雪）

▷ **過去否定句**
雪が降りませんでした。 （沒有下過雪）

▷ **非過去否定疑問句**
雪が降りませんか。 （不下雪嗎）

▷ **非過去否定疑問句－詢問／邀請**
行きませんか （不去嗎）

行きましょうか （要不要一起去呢）

行きましょう （一起去吧）

• track 038

❖ **過去否定疑問句**

　雪が降りませんでしたか。　（下過雪了嗎）

❖ **移動動詞**（1）

　日本へ行きます。　（去日本）

　日本に行きます。　（去日本）

❖ **移動動詞**（2）

　空を飛びます。　（在空中飛）

❖ **あります、います**

　部屋に犬がいます。　（房間裡有狗）

　部屋にベッドがあります。　（房間裡有床）

他動詞

他動詞

非過去肯定句

過去肯定句

非過去肯定疑問句

過去肯定疑問句

非過去否定句

過去否定句

非過去否定疑問句

過去否定疑問句

他動詞句＋行きます、来ます

自動詞句與他動詞句

總整理

• track 039

他動詞

説明

他動詞指的是「可以驅使其他事物產生作用的動詞」。也可以說是因為要達成某一個目的而進行的動作。由此可知，在使用他動詞的時候，除了執行動作的主語之外，還會有一個產生動作的受詞，而使用的助詞也和自動詞不同。

以下，就先學習幾個常見的他動詞。同樣的，也是先以「ます形」的方式來呈現這些動詞。而他動詞在做肯定、否定、過去等形態的變化時，和自動詞相同，主要都是語幹不變（語幹即是動詞中ます的部分，如食べます的語幹即是食べ），而只變後面「ます」的部分。

食べます	吃
読みます	閱讀
聞きます	聽
落とします	弄掉
見ます	看
書きます	寫
買います	買
します	做
消します	關掉

● track 039

他動詞句－非過去肯定句

彼は本を読みます
他讀書

説明

他動詞的基本句型和自動詞詞句相同，可依肯定、否定、疑問等，分成八種。非過去肯定的句型，是「Ａは（が）ＢをＶます」，其中Ａ是動作執行者，即句中的「彼」；Ｂ是受詞，就是句中的「本」；而Ｖ則是他動詞語幹，即是句中的「読み」。句末則是用敬體的「ます形」。（為方便學習，初學階段建議背誦單字時以ます形的形式背誦）

在句中，主詞的後面，除了可以用「は」也可以用「が」，端看該句子要說明的重點在何處而使用。詳細的分辨法，會在助詞篇中介紹。

例句

☞ 妹は肉を食べます。

　妹妹吃肉。

☞ 学生は宿題をします。

　學生寫功課。

☞ 私は音楽を聞きます。

　我聽音樂。

☞彼女は映画を見ます。

　她看電影。

☞父ははがきを書きます。

　家父寫明信片。

☞あの人は服を買います。

　那個人買衣服。

他動詞句－過去肯定句

彼は本を読みました
他讀完書了／他讀過書了

> 説　明

將非過去肯定句的「ます」改成「ました」就可以把句子變成過去肯定句，其他部分則不變動。

> 例　句

☞ 妹は肉を食べました。（食べます→食べました）

　妹妹吃過肉了。

☞ 学生は宿題をしました。（します→しました）

　學生寫完功課了。

☞ 昨日私は音楽を聞きました。

　（聞きます→聞きました）

　我昨天聽音樂。

☞ 彼女は映画を見ました。（見ます→見ました）

　她看過電影了。

☞ 父ははがきを書きました。

　（書きます→書きました）

　家父寫完明信片了。

☞ あの人は服を買いました。

　（買います→買いました）

　那個人買了衣服。

他動詞句－非過去肯定疑問句

彼は本を読みますか

他讀書嗎

説明

在非過去肯定的後面，加上表示疑問的「か」，就是非過去肯定疑問詞。

例句

☞ 妹は野菜を食べますか。

妹妹吃菜嗎？

☞ 学生はサッカーをしますか。

學生踢足球嗎？

☞ 彼は音楽を聞きますか。

他聽音樂嗎？

☞ 彼女はニュースを見ますか。

她看新聞嗎？

☞ 子供は料理を作りますか。

小孩要煮菜嗎？

☞ あの人は高いものを買いますか。

那個人要買貴的東西嗎？

• track 041

他動詞句－過去肯定疑問句

彼は本を読みましたか
他讀完書了嗎／他讀過書了嗎

説明

在過去肯定句的句尾，加上表示疑問的「か」即完成了過去肯定疑問句。

例句

☞ 妹は野菜を食べましたか。

妹妹吃菜了嗎？

☞ 学生はサッカーをしましたか。

學生踢過足球了嗎？

☞ 彼は音楽を聞きましたか。

他聽過音樂了嗎？

☞ 彼女はニュースを見ましたか。

她看過新聞了嗎？

☞ 子供は料理を作りましたか。

小孩煮好菜了嗎？

☞ あの人は高いものを買いましたか。

那個人買了貴的東西嗎？

他動詞句－非過去否定句

彼(かれ)は本(ほん)を読(よ)みません
他不讀書

説明

他動詞句的非過去否定句，變化的方式和自動詞句相同。在這裡只要將句尾的「ます」改成「ません」即可，其他的部分則不需變動。

例句

☞ 妹(いもうと)は肉(にく)を食(た)べません。（食べます→食べません）

妹妹不吃肉。

☞ 学生(がくせい)は宿題(しゅくだい)をしません。（します→しません）

學生不寫功課。

☞ 私(わたし)は音楽(おんがく)を聞(き)きません。

（聞きます→聞きません）

我不聽音樂。

☞ 彼女(かのじょ)は映画(えいが)を見(み)ません。（見ます→見ません）

她不看電影。

☞ 父(ちち)ははがきを書(か)きません。

（書きます→書きません）

家父不寫名信片。

☞ あの人(ひと)は服(ふく)を買(か)いません。

（買います→買いません）

那個人不買衣服。

他動詞句－過去否定句

彼は本を読みませんでした
かれ　　ほん　　　よ

他沒有讀書

說 明

他動詞句的過去否定句，變化的方式和自動詞句相同。在這裡只要在非過去否定的句尾加上「でした」即可，其他的部分則不需變動。

例 句

☞ 妹は肉を食べませんでした。
　　いもうと　にく　　た

　妹妹沒有吃肉。

☞ 学生は宿題をしませんでした。
　がくせい　しゅくだい

　學生沒有寫功課。

☞ 私は音楽を聞きませんでした。
　わたし　おんがく　き

　我沒有聽音樂。

☞ 彼女は映画を見ませんでした。
　かのじょ　えいが　み

　她沒有看電影。

☞ 父ははがきを書きませんでした。
　ちち　　　　　か

　家父沒有寫明信片。

☞ あの人は服を買いませんでした。
　　　ひと　ふく　か

　那個人沒有買衣服。

•track 043

他動詞句－非過去否定疑問句（1）

彼は本を読みませんか
かれ　　ほん　　　よ

他不讀書嗎

説明

在非過去否定的句子後面，加上表示疑問的
「か」，即成了非過去否定疑問句。同樣的，
在正式文法中，疑問句的句尾是用句號而非
問號。

例句

☞ 妹は肉を食べませんか。
いもうと　にく　　た

妹妹不吃肉嗎？

☞ 学生は宿題をしませんか。
がくせい　しゅくだい

學生不寫功課嗎？

☞ あなたは音楽を聞きませんか。
おんがく　　き

你不聽音樂嗎？

☞ 彼女は映画を見ませんか。
かのじょ　えいが　　み

她不看電影嗎？

☞ 田中さんははがきを書きませんか。
たなか　　　　　　　　か

田中先生不寫名信片嗎？

☞ あの人は服を買いませんか。
ひと　ふく　　か

那個人不買衣服嗎？

他動詞句－非過去否定疑問句（2）

1. 映画を見ませんか
   要看電影嗎／不看電影嗎

2. 映画を見ましょうか
   要不要一起看電影

説明

和自動詞相同，非過去否定疑問句還有一個特別的用法，就是用在詢問對方要不要做某件事，或是邀約對方的時候。就像是中文中，邀請時會問對方「要不要～呢？」，日文也是用「～ませんか」，來表示詢問。另外，也可以將「～ませんか」改成「～ましょうか」更加強邀約以及共同去做某事之意。除此之外，可以把「～ましょうか」的「か」去掉，也同樣是表示邀約對方共同從事某事。而這裡使用的動詞，則是自動詞、他動詞皆可。

例句

☞田中さんはコーヒーを飲みませんか。

田中先生你不喝咖啡嗎？

（禮貌詢問對方是否不想喝咖啡）

☞田中さん、一緒にコーヒーを飲みませんか。

田中先生，要不要一起去喝咖啡？

（不知對方想不想去而邀請對方一起前往）

• track 044

☞田中さん、一緒にコーヒーを飲みましょうか。

田中先生，要不要一起去喝咖啡？

（覺得對方會想去而發出邀請）

☞田中さん、一緒にコーヒーを飲みましょう。

田中先生，要不要一起去喝咖啡？

（覺得對方會一起去，而提出去喝咖啡的邀請）

他動詞句－過去否定句

彼は本を読みませんでしたか

他沒有讀書嗎

説明

在過去否定句的後面，加上表示疑問的「か」即是過去否定疑問句。

例句

☞ 妹は肉を食べませんでしたか。

妹妹沒有吃肉嗎？

☞ 学生は宿題をしませんでしたか。

學生沒有寫功課嗎？

☞ あなたは音楽を聞きませんでしたか。

你沒有聽音樂嗎？

☞ 彼女は映画を見ませんでしたか。

她沒有看電影嗎？

☞ 田中さんははがきを書きませんでしたか。

田中先生沒有寫明信片嗎？

☞ あの人は服を買いませんでしたか。

那個人沒有買衣服嗎？

他動詞句＋行きます、来ます

1. 映画を見に行きます
   去看電影

2. ご飯を食べに来ます。
   來吃飯

説明

在中文裡，會說「去看電影」、「來吃飯」、
「去打球」…等包含了「去」、「來」的句
子。在日文中，也有類似的用法。但由於
「去」「來」本身就是動詞，而「看」「吃」
「打」等詞也是動詞，為了不讓一個句子裡
同時有兩個動詞存在，於是我們把表示目的
之動詞去掉「ます」，再加上「に」以表示
「去做什麼」或「來做什麼」。（助詞「に」
即帶有表示目的的作用）變化的方法如下：

映画を見ます＋行きます

↓

映画を見（ます）＋に＋行きます

↓

映画を見に行きます

例句

☞ご飯を食べに行きます。（食べます→食べ＋に）
　去吃飯。

☞サッカーをしに出かけます。（します→し＋に）

去踢足球。

☞日本へ遊びに来ました。（遊びます→遊び＋に）

來日本玩。

☞留学に来ました。

（除了他動詞之外，另有相同的用法：名詞＋に）

來留學。

• track 046

自動詞句與他動詞句

1. デパートが休みます
   百貨公司休息／百貨公司沒開

2. 学校を休みます
   向學校請假

說 明

在上面的兩句例句中，用到的都是「休みます」這個動詞，但是意思卻不盡相同。第1句是百貨公司休息，那第2句為什麼不是學校休息呢？仔細觀察，即可發現是因為「助詞」不同的關係。第1句是自動詞的句型，使用的助詞是「が」，而第二句是他動詞句型，使用的助詞是「を」。也就是說，「休みます」這個動詞，同時是他動詞，又是自動詞。這樣的例子在日文中十分常見，以下舉出較普遍使用的動詞為例。

例 句

☞あの人が笑います。

　那個人在笑。

☞あの人を笑います。

　嘲笑那個人。

☞北風が吹きます。

　北風吹拂。

☞笛を吹きます。

　　吹笛子。

☞臭いがします。

　　有臭味。

☞何をしますか。

　　要做什麼？

總整理－他動詞句

☼ **非過去肯定句**
彼は水を飲みます。 (他喝水)

☼ **過去肯定句**
彼は水を飲みました。 (他喝了水)

☼ **非過去肯定疑問句**
彼は水を飲みますか。 (他要喝水嗎)

☼ **過去肯定疑問句**
彼は水を飲みましたか。 (他喝水了嗎)

☼ **非過去否定句**
彼は水を飲みません。 (他不喝水)

☼ **過去否定句**
彼は水を飲みませんでした。 (他沒有喝水)

☼ **非過去否定疑問句**
彼は水を飲みませんか。 (他不喝水嗎)
水を飲みませんか。 (不喝水嗎)
水を飲みましょうか。 (一起喝水吧)

☼ **過去否定疑問句**
彼は水を飲みませんでしたか。 (他沒有喝水嗎)

• track 047

◇ **他動詞句＋行きます、来ます**

水を飲みに行きます。 （去喝水）

水を飲みに来ます。 （來喝水）

◇ **自動詞句與他動詞句**

風が吹きます。 （風吹拂）

口笛を吹きます。 （吹口哨）

疑問詞

いつ
何時

説明

日文中的疑問詞和中文不同的時，在中文裡只要用「什麼」「何」等詞即可表示疑問，但是在日文中，則隨著詢問的目標、場合不同，而有各種不同的疑問詞。本篇中即介紹各種日文中常用的疑問詞。

「いつ」是在詢問日期時用的疑問詞，即等同於中文的「何時」、「什麼時候」。在使用「いつ」時，前後不需要加特別的助詞，依照句意直接使用即可。

例句

☞いつ卒業ですか。

什麼時候畢業呢？

☞いつ出かけますか。

何時出門呢？

☞店はいつ始まりますか。

店何時開始營業呢？

☞いつまでですか。（まで：為止）

到什麼時候呢？

☞いつ知り合いましたか。

什麼時候認識的呢？

• track 049

何時
<ruby>何時<rt>なんじ</rt></ruby>

幾點

説 明

前面提到的「いつ」，是詢問日期或是大概的時間時所使用的疑問句。若是要詢問精確幾點幾分的時間，就要時用「何時」。「何時」這個疑問詞可以當作是名詞來看，因此接續的方式也和名詞相同。

例 句

☞今、何時ですか。

現在是幾點呢？

☞授業は何時に始まりましたか。

上課是幾點開始呢？

☞何時に待ち合わせますか。

要在幾點時碰頭呢？

☞試験は何時からですか。（から：開始）

考試是幾點開始呢？

☞仕事は何時に終わりますか。

工作是幾點結束呢？

☞何時の飛行機にしましょうか。

我們要坐幾點的飛機呢？

何
なに

什麼

説 明

「何」就像是中文中的「什麼」，是用在詢問事、物的時候所使用的疑問詞。而依照疑問句中的動詞，需要在「何」後面加上「を」或是「が」等助詞。

例 句

☞何をしに行きますか。

要去做什麼？

☞食べ物は、何が好きですか。

食物之中，喜歡吃什麼？

☞昨日、何を食べましたか。

昨天吃了什麼？

☞何を読みますか。

要讀什麼？

☞これは何。

這是什麼？

☞何を買いましたか。

買了什麼？

• track 050

何人／何枚／何階／何番 ／何回
なんにん　なんまい　なんかい　なんばん
なんかい

幾個人／幾張（片）／幾樓／幾號／幾次

説明

「何」是代表多少的意思，後面加上了
「人」，即是詢問「幾個人」的意思。相同
的套用方式，還可以用在「何人」「何枚」
「何階」「何番」「何回」等單位上。

例句

☞昨日、何人来ましたか。
きのう　なんにんき

　昨天有幾個人來？

☞写真を何枚撮りましたか。
しゃしん　なんまいと

　拍了幾張照片？

☞シャツを何枚買いましたか。
なんまいか

　買了幾件衣服？

☞何階に住みますか。
なんかい　す

　住在幾樓呢？

☞何番ですか。
なんばん

　是幾號呢？

☞何回ですか。
なんかい

　幾次呢？

• track 050

どこ
哪裡

説明

「どこ」可以用在詢問地點。依照使用的動詞和句意的不同，後面所接續的助詞也有不同。一般來說，若是詢問目的地時，是助詞「へ」或「に」；而詢問進行動作的地點，則是用助詞「で」；另外，詢問從何處出發是用「から」到何處為止是用「まで」。（詳細助詞用法會在助詞篇中做說明）

例句

☞どこへ行きますか。

要去哪裡呢？

☞昨日はどこに行きましたか。

昨天去哪裡了？

☞この本、どこで買いましたか。

這本書是在哪裡買的？

☞どこから来ましたか。

（你）是從哪裡來的？

☞どこからどこまで走りますか。

要從哪裡跑到哪裡？

☞ここはどこですか。

這裡是哪裡呢？

だれ／どなた
誰

説明

要詢問人的身分時，就用這句話來詢問。在前面學的人稱代名詞中，也有看到這個字，是屬於不定稱代名詞，使用的方式也和名詞相同。在一般的情況時，是使用「だれ」，而在較為正式、需要注意禮貌的場合時，則使用「どなた」。

例句

☞あの人は誰ですか。
　那個人是誰？

☞教室には誰がいましたか。
　教室裡有誰在嗎？

☞これは誰の携帯ですか。
　這是誰的手機？

☞誰と行きましたか。
　和誰一起去的？

☞あの方はどなたですか。
　請問那個人是哪位呢？

☞どなた様ですか。
　請問您是哪位？

•track 051

どうして
為什麼

説明

即使是不曾學過日文的人，對這句話應該也是耳熟能詳，在對話中也十分常見。但在使用的時候，還是要注意到，要說「どうしてですか」才是比較禮貌的說法，如果是對朋友或是輩分較低的人，才可以只說「どうして」。

例句

☞どうしてですか。
　為什麼呢？

☞どうして台湾に来ましたか。
　為什麼來台灣呢？

☞どうして泣くのですか。
　為什麼哭呢？

☞どうして来ませんでしたか。
　為什麼沒有來呢？

☞どうして行きませんか。
　為什麼不去呢？

☞どうして言いませんか。
　為什麼不說呢？

どう／いかが
怎樣／如何

説明

要詢問對方的感覺或狀況如何，或是詢問如何做到某件事時，就可以使用「どう」這個字，這個字可以把它當成副詞的方式來使用。而在較為正式的場合，則是使用「いかが」較為禮貌。

例句

☞ どうしますか。

該怎麼辦呢？

☞ あの人をどう思いますか。

你覺得那個人怎麼樣？

☞ 鉛筆はどう持ちますか。

鉛筆該怎麼拿？

☞ 一杯どうですか。

去喝一杯如何？

☞ ご気分はいかがですか。

您覺得怎麼樣呢？／您意下如何呢？

☞ ご意見はいかがですか。

您的意見如何呢？

• track 052

どんな
什麼樣的

説明

詢問對方的感覺如何是「どう」，而要進一步詢問「是怎麼樣的…」時，就要加上要詢問的名詞，比如說：「什麼樣的酒」「什麼樣的車」「什麼樣的人」「什麼樣的感覺」…等，這時候，就要用「どんな」再加上名詞，即可表達出「是什麼樣的…」的意思。

例句

☞どんな感じですか。
　是什麼樣的感覺呢？

☞彼はどんな人ですか。
　他是什麼樣的人呢？

☞どんな部屋が好きですか。
　喜歡什麼樣的房間呢？

☞どんな仕事が好きですか。
　喜歡什麼樣的工作呢？

☞どんな薬が効きますか。
　什麼樣的藥有效呢？

☞どんな印象を持ちましたか。
　有什麼樣的印象呢？

どっち
哪一個（在兩者之中選擇一個）

説明

在面臨選擇的時候，如果有兩個選項，要從其中選出一個時，就要用「どっち」。若是選項是三個以上時，就要用「どれ」或「どの」。

例句

☞どっちが好きですか。

（兩者之中）喜歡哪一個呢？

☞どっちにしましょうか。

（兩者之中）我該選哪一個呢？

☞どっちも嫌いです。

（兩者之中）不管是哪一個我都不喜歡。

☞いちごとバナナと、どっちが好きですか。

草莓和香蕉，你喜歡哪一種？

☞日本語の文法と中国語の文法と、どっちが難しいですか。

日文文法和中文文法，哪個比較難？

• track 053

どれ
哪一個（在三個以上的選項中選擇一個）

説明
當面臨的選項有三個以上，要詢問從中選擇
哪一個時，就用「どれ」來表示。

例句
☞どれが好きですか。

（這其中）你喜歡哪一個？

☞この中でどれが気に入りますか。

這些裡你喜歡哪一個？

☞あなたの傘はどれですか。

你的雨傘是哪一把呢？

☞どれがイタリア製ですか。

不管哪一個都是義大利製的呢？

☞好きな時計はどれですか。

（這其中）你喜歡的時鐘是哪一個呢？

☞どれもいりません。

不管哪一個都不需要。

どの
哪個（在三個以上的選擇中選一個）

説 明

前面學過在三個選項中間選一個時，要問「哪一個」時是用「どれ」。但是，如果要在疑問詞後面加上特定的名詞，比如說「哪一個杯子」「哪一把傘」「哪一部車」的時候，就要用「どの」來接續名詞。比如說「どのコップ」「どの傘」「どの車」。

例 句

☞どの服が好きですか。

（這其中）喜歡哪件衣服呢？

☞田中さんはどの人ですか。

田中先生是哪個人呢？

☞どの車に乗りますか。

要坐哪部車呢？

☞どの人に言いますか。

要跟哪個人說呢？

☞どの花がほしいですか。

想要哪一種花呢？

☞どの人に頼みますか。

要拜託哪個人呢？

• track 054

どれくらい
差不多要多遠／多少錢／多久…等

説明

在對話中，要詢問所需要花費的時間、金錢等問題時，通常是問一個大概的數字，如：「差不多需要多少錢」「差不多要多久」…等。這時候，就可以用「どれくらい」來詢問。使用的時候，不需要再加上時間、金錢、距離的名詞，而是用「どれくらい」一個字就能代表要詢問的單位。

例句

☞ 台北から高雄までどれくらいかかりますか。

從台北到高雄大約需要多少時間？

☞ サラリーマンの給料はどれくらいですか。

上班族的薪水大約是多少呢？

☞ 家から学校までどれくらいかかりますか。

從家裡到學校差不多要多久呢？

☞ 新幹線の切符はどれくらいかかりますか。

新幹線的車票大約需要多少錢呢？

☞ 年収はどれくらいですか。

年收入大約是多少呢？

☞ 人間の平均寿命はどれくらいですか。

人類的平均壽命差不多是幾年呢？

• track 055

いくら
多少錢

説明

詢問價錢時，可以使用「いくら」。這個字可以當成名詞的用法來使用，後面不需要再加上金錢的單位。

例句

☞ガス代はいくらですか。
　瓦斯費是多少錢呢？

☞この花はいくらですか。
　這朵花多少錢呢？

☞この靴はいくらですか。
　這雙鞋多少錢呢？

☞これはいくらですか。
　這個多少錢呢？

☞一キロいくらで売りますか。
　一公斤賣多少錢呢？

☞費用はいくら必要ですか。
　費用需要多少錢才足夠呢？

• track 055

いくつ
幾個／幾歲

説明

詢問物品有幾個，或是問別人幾歲的時候，可以使用「いくつ」。但用在詢問幾歲時，通常會用較為禮貌的「おいくつ」，這是為了表示尊重，而且在和日本人對話時，直接詢問不熟的人年紀也是不禮貌的行為。

例句

☞娘さんはおいくつですか。

您的女兒今年幾歲呢？

☞いくつありますか。

有幾個呢？

☞部屋はいくつありますか。

房間有幾間呢？

☞いくつですか。

有幾個呢？

☞今年おいくつですか。

今年貴庚？

☞いくついりますか。

需要幾個呢？

助詞

助詞

説 明

在日文中，助詞是扮演著主宰前後文關係、主客關係的重要角色，就像是詞和詞之間的橋梁一樣，接起了文字間的關係。而相同的文字，隨著助詞的不同，也會產生完全不同的意思。在本篇中，列出了各種常用的助詞，可以對照例句，或是前面各篇章中曾出現的句子，強化助詞的觀念。

は

説明

「は」在助詞中是很重要的存在，它指出了
句子中最重要的主角所在的位置，通常找到
了「は」，就等於是找到了主語。我們可以
把「は」簡單分成下列幾種用法，而列舉如
下：

1 · 用於說明或是判斷
2 · 說明主題的狀態
3 · 兩者比較說明時
4 · 談論前面提過的主題時
5 · 限定的主題時
6 · 選出一項主題加以強調

除了這幾項基本的用法外，「は」還有其他
不同的用法，這裡先舉出最基本的用法。

は的用法(1)

用於說明或是判斷

説明

在學習名詞句、形容詞句時，可以常常看到「は」這個助詞出現。在這些句子中出現的「は」，就是用於說明或是判斷的句子時的「は」。而這其中又可以細分為表示名字、說明定義、生活中的真理、一般的習慣、發話者的判斷、…等各種不同的用法。接下來，就利用下面的句子中為實際例子做學習。

例句

☞ 私は田中京子です。

我叫田中京子。（表示名字）

☞ これは椅子です。

這是椅子。（表示定義）

☞ 冬は寒いです。

冬天是寒冷的。（表示一般性的定理）

☞ 一分は六十秒です。

一分鐘是六十秒。（表示一般性的定理）

☞ 先生は毎日運動します。

老師每天都做運動。（表示習慣）

☞ ゲームは楽しいです。

玩遊戲很開心。（表示發話者的判斷）

• track 057

は的用法(2)

說明主題的狀態

説明

在學習形容詞句的時候，我們曾經學習過「うさぎは耳が長いです」這樣的句子。句子中的「は」就是用來說明主題「うさぎ」的狀態，而句中的狀態就是「耳が長い」。也就是說，在這樣的句子裡，「は」後面的句子，皆是用來說明主題的狀態。

例句

☞田中さんは髪が長いです。

田中小姐的頭髮很長。

（主題：田中さん／狀態：髪が長い）

☞弟は頭がいいです。

弟弟的腦筋很好。

（主題：弟／狀態：頭がいい）

☞東京は物価が高いです。

東京的物價很高。

（主題：東京／狀態：物価が高い）

☞日本は景色がきれいです。

日本的風景很美。

（主題：日本／狀態：景色がきれい）

☞この会社は人が多いです。

這間公司的人很多。

（主題：この会社／狀態：人が多い）

● track 057

は的用法(3)

兩者比較說明時

説明

列舉兩個主題，將兩個主題同時做比較的時候，要比較說明兩個主題分別有什麼樣的特點之時，即是使用「は」。這樣的句子通常是前後兩個句子的句型很相似，句意也會相關或是相反。

例句

☞いちごは好きですが、バナナは嫌いです。

喜歡草莓，討厭香蕉。

☞鶏肉は食べますが、牛肉は食べません。

吃雞肉，不吃牛肉。

☞両親は日本にいますが、私は台湾にいます。

父母在日本，我在台灣。

☞兄は医者ですが、弟はスポーツ選手です。

哥哥是醫生，弟弟是體育選手。

☞姉はおとなしいですが、妹は活発です。

姊姊很文靜，妹妹很活潑。

は的用法(4)

談論前面提過的主題時

說明

在談話的時候，一個主題的話題，通常不會只有一句話就結束，當第二句話的主題，還是以前一句話的主題為中心時，第二句話提到的主詞，後面助詞就要使用「は」，以表示所說的是特定的對象。比如說前一個句子提到了一隻狗，那個下個句子提到那隻狗時，後面的助詞就要用「は」

例句

☞うちに猫がいます。その猫は白いです。

我家有隻貓。那隻貓是白色的。

☞あそこにレストランがあります。そのレストランはまずいです。

那裡有間餐廳。那間餐廳的菜很難吃。

☞昨日、クラスメートに会いました。あのクラスメートは来年日本に行きます。

昨天我遇到同學。那位同學明年要去日本。

☞昨日、同僚に会いました。その同僚は会社を辞めます。

昨天我遇到同事。那位同事要辭職了。

• track 058

は的用法(5)

限定的主題時

説明

要在眾多事物中指出其中一個再加以說明時，要先指出該項事物的特點，以讓聽話的對方知道指定的主題是誰，然後找到主題後，發話者，再針對主題作出說明。像這樣的情形，在面臨限定的主題時，後面就要用助詞表示「限定」。

例句

☞あの高い人はだれですか。

那個高的人是誰？

（限定條件：あの高い／主題：人）

☞あのきれいな携帯はだれのですか。

那個漂亮的手機是誰的？

（限定條件：あのきれいな／主題：携帯）

☞その汚いバッグは私のです。

那個很髒的包包是我的。

（限定條件：その汚い／主題：バッグ）

☞その白い犬は怖いです。

那隻白色的狗很可怕。

（限定條件：その白い／主題：犬）

☞新型の掃除機は便利です。

新型的吸塵器很方便。

（限定條件：新型／主題：掃除機）

• track 059

は的用法(6)

選出一項主題加以強調

説明

在眾多的物品中，舉出其中一個加以強調時，被舉出的主題後面，就要用「は」。

例句

☞お腹が一杯です。でもケーキは食べたいです。

（お腹が一杯です：吃得很飽。／でも：但是）

已經吃飽了。但是還想吃蛋糕。（吃飽了理應吃不下其他東西，但在眾多食物中舉出蛋糕這項主題，強調有蛋糕的話，就會想吃）

☞肉が嫌いですが、魚は食べます。。

不喜歡吃肉，但是吃魚。（雖然討厭肉類，但是從肉類中舉出魚為主題，強調會吃魚肉）

☞いつも遅いですが、今日は早く帰ります。

一直都很晚回家，今天提早回家。（舉出今天為主題，強調今天特別早回家）

☞たくさんの料理を食べました。味噌汁はおいしかったです。

吃了很多道菜。其中味噌湯很好喝。（從眾多菜肴中舉出味噌湯為主題，強調它很美味）

☞旅行は嫌いですが、日本は行きたいです。

不喜歡旅行，但想去日本。（從眾多國家中舉出日本，強調只想去日本）

が

說明

「が」在句子中，多半是和「は」一樣放在主語的後面，但使用「が」時的句意略有不同。另外，當「が」放在句尾的時候，又有截然不同的意思。在此，將「が」大致分為以下幾種用法：

1.在自動詞句的主語後面
2.表示某主題的狀態
3.表示對話中首次出現的主題
4.表示能力
5.表示心中感覺
6.表示感覺
7.表示所屬關係
8.逆接
9.開場
10.兩個主題並列

が的用法(1)

在自動詞句的主語後面

説 明

在自動詞句篇中學到的自動詞句，都是在主語後面使用「が」。（若遇到特殊的情形，也會有使用「は」的句子，但在此以一般的情況為主，以方便記憶）

例 句

☞商店街に人が大勢います。

商店街有大批的人潮。（表示存在）

☞雪が降ります。

下雪。（表示自然現象）

☞電車が来ます。

電車來了。（表示事物的現象）

☞デパートでみんなが買い物します。

（表示人的行為）

☞花が咲きます。

花開。（表示自然現象）

☞商品が届きます。

商品寄到。（表示事物的現象）

● track 060

が的用法(2)

表示某主題的狀態

説明

在學習形容詞句的時候，我們曾經學習過「う
さぎは耳が長いです」這樣的句子。在句子
中「うさぎ」是敍述的主題，而「耳が長い」
則是表示其狀態，因為句子中同時有兩個主
語，所以後面表示敍述的主語就會使用
「が」。

例句

☞キリンは首が長いです。

　長頸鹿的脖子很長。

☞象は鼻が長いです。

　大象的鼻子很長。

☞佐藤さんは足が長いです。

　佐藤先生（小姐）的腿很長。

☞長谷川先生は髪が短いです。

　長谷川老師的頭髮很短。

☞あの人は頭がいいです。

　那個人的頭腦很好。

☞日本は山が多いです。

　日本的山很多。

が的用法(3)

表示對話中首次出現的主題

說明

前面學習「は」的時候，說過在對話中的主題出現第二次時，就要使用「は」。那麼在第一次出現時，則是要使用「が」來提示對方這個主題的存在，說明這是話題中第一次出現這個主題。

例句

☞そこに白い椅子があります。それはいくらですか。

那裡有張白色的衣子。那張椅子多少錢呢？

☞あそこにきれいな女の人がいます。あの人は私の母です。

那裡有一位美麗的女人。那個人就是我母親。

☞庭にかわいい犬がいます。その犬はほえません。

院子裡一隻可愛的狗。那隻狗不會叫。

☞そこに高い木があります。それは松です。

那裡有一棵高的樹。那是松樹。

が的用法(4)

表示能力

説明

在句子中，要表示自己有能力可以做到什麼事情，在敘述這件事情時就要用「が」。例如：會彈琴、會打球、擅長、不擅長、理解…等，這樣動作依照前面學過的文法，應該都是他動詞，但是因為要表示能夠做到這些事，於是都是用「が」來表示。（句中的動詞則為可能形）

例句

☞ 私は野球ができます。（できます：辦得到）

我會打棒球。

☞ 彼女は日本語が話せます。

她會說日文。

☞ 兄は車が運転できます。

哥哥會開車。

☞ あの人は英語が上手です。（上手：擅長）

那個人英文說得很好。

☞ 妹は数学が苦手です。（苦手：不擅長）

妹妹不擅長數學。

☞ 先生はドイツ語がわかります。

老師會說德語。

• track 062

が的用法(5)

表示心中感覺

説明

在句子中表示自己的喜好、不安、願望、要求、希望、關心…等心中的感覺時,在表示關心的事物後面,是用「が」來表示。值得注意的是,在句中用到的動詞,前面主要都是和「が」連用。另外,表示心中感覺的句子,通常都是以「我」為主角。若主詞是「你」時,通常是疑問句,而主詞是「第三人稱」時,則有特殊變化的句型,不屬於此分類。

例句

☞ 私は釣りが好きです。 (好き:喜歡)

我喜歡釣魚。

☞ あなたは魚が嫌いですか。 (嫌い:討厭)

你不喜歡魚嗎?

☞ 私は娘が心配です。 (心配:擔心)

我擔心女兒。

☞ 私は日本語に興味があります。 (興味:感興趣)

我對日語有興趣。

☞ 私はあの赤い服がほしいです。 (ほしい:想要)

我想要那件紅色的衣服。

• track 062

が的用法(6)

表示感覺

説明

在句子中要表現視覺、聽覺、味覺、觸覺、嗅覺、預感等感覺時，要在感覺到的事物後面加上助詞「が」。

例句

☞ここから学校が見えます。

從這裡可以看見學校。（視覺）

☞チャイムが聞こえます。

可以聽到鐘聲。（聽覺）

☞変なにおいがする。

有怪味道。（嗅覺）

☞甘い味がする。

（吃起來）有甜甜的味道。（味覺）

☞大きい音がする。

發出很大的聲音。（聽覺）

☞何かありそうな気がする。

覺得好像有什麼事。（預感）

が的用法(7)

表示所屬關係

説 明

表示「擁有」某樣東西時，通常是用「あります」「います」這些動詞。而在擁有的東西後面，要加上助詞「が」來表示是所屬的關係。

例 句

☞ 私は野球のたまが三つあります。

我有三顆棒球。

☞ うちは部屋が五つあります。

我家有五個房間。

☞ 私は車が一台あります。

我有一台車。

☞ 彼は友達がたくさんいます。

他有很多朋友。

☞ 彼女は家族が三人います。

她有三位家人。

☞ 私は友達がたくさんいます。

我有很多朋友。

• track 063

が的用法(8)

逆接

説明

「が」除了可以放在名詞後面之外，也可以放在句子的最後面，表示其他不同的意思。當前後文的意思相反時，在前句的最後面，加上助詞「が」，即是表示下一句話和這一句話的意思完全相反。

例句

☞あの店は高いですが、まずいです。

那間店很貴，但很難吃。

☞商店街は昼はにぎやかですが、夜は静かです。

商店街白天很熱鬧，但晚上很安靜。

☞成績はいいですが、性格は悪いです。

成績很好，但是個性很惡劣。

☞きれいですが、冷たいです。

長得很漂亮，但是很冷淡。

が的用法(9)

開場

説明

在日文中，要開口和人交談時，若是陌生人或是較禮貌的場合時，一開始都會先用「すみませんが」來引起對方的注意。就像是中文裡，想要引起對方注意時，會說「不好意思」「請問…」一樣。因此，在會話開場時，會在「すみません」等詞的後面再加上助詞「が」。

例句

☞あのう、すみませんが、図書館はどこですか。
不好意思，請問圖書館在哪裡呢？

☞あのう、すみませんが、トイレはどこですか。
不好意思，請問廁所在哪裡？

☞すみませんが、今何時ですか。
不好意思，請問現在幾點？

☞つまらないものですが、どうぞ召し上がってください。
一點小意思，請品嚐。
（這句為常用的句子，可當成慣用句來背誦）

☞これ、つまらないものですが。
這是一點小意思，不成敬意。
（這句為常用的句子，可當成慣用句來背誦）

• track 064

が的用法(10)

兩個主題並列

説明

敘述主題時，要同時舉出兩個特色並列說明時，在前一句的後面加上「が」，表示並列的意思。

例句

☞いちごは好きですが、バナナは嫌いです。

喜歡草莓，討厭香蕉。

☞鶏肉は食べますが、牛肉は食べません。

吃雞肉，不吃牛肉。

☞両親は日本にいますが、私は台湾にいます。

父母在日本，我在台灣。

☞兄は医者ですが、弟はスポーツ選手です。

哥哥是醫生，弟弟是體育選手。

☞姉はおとなしいですが、妹は活発です。

姊姊很文靜，妹妹很活潑。

も

説明

「も」是表示「也」的意思，舉出的主題有相同的特性的時候，就可以使用「も」。另外，「も」也可以用來表示對數量、程度的強調，表示主題「竟也」到達到種誇張的程度。以下整理「も」的用法。

1・表示共通點
2・與疑問詞連用
3・強調程度

も的用法(1)

表示共通點

説明

兩項主題間具有相同的共通點時，可以用
「も」來表示「也是」的意思。使用的時候
有兩種情況，一種是只加在後面出現的主語，
另一種則是後前兩個主語都使用「も」。

例句

☞彼は台湾から来ました。私も台湾から来ました。

他是從來台灣來的，我也是從台灣來的。

☞彼女は医者です。私も医者です。

她是醫生，我也是醫生。

☞姉も東京で生まれました。妹も東京で生まれま
した。

姊姊是東京出生的，妹妹也是東京出生的。

☞野菜も肉も好きです。

蔬菜和肉類都喜歡。

☞本も雑誌もあります。

書和雜誌都有。

☞服もバッグも買いたいです。

想買衣服和包包。

も的用法(2)

與疑問詞連用

説明

「も」和疑問詞連用的時候，可以當成是「都」的意思。例如「どれも」就是「每個都」的意思。而疑問詞和「も」連用，通常都是具有強烈肯定或否定的意思。

➪ どれ＋も→どれも
　(不管)哪個都

➪ いつ＋も→いつも
　一直都／隨時都

➪ どこ＋も→どこも
　哪裡都／到處都

➪ なに＋も→なにも
　(不管)什麼都

例句

☞ どれもいい作品です。
　不管哪個都是好作品。

☞ いつも忙しいです。
　一直都很忙。

☞ どこにも出かけませんでした。
　哪裡都沒有去。

☞ 何も見ません。
　什麼都不看。

も的用法(3)

強調程度

説明

在句子中，要強調數量的多寡、程度的強烈時，可以在句中的數字後面加上「も」，表示「竟然也有這麼多」的意思。或是在名詞後面加上「も」，表示竟然有這種事。

例句

☞公園に百人もいます。

公園裡竟然有一百個人。

☞一杯一万円もしました。

一杯竟然要一萬日幣。

☞二時間もかかりました。

竟然花了兩個小時。

☞彼女と一分も一緒にいたくないです。

連一分鐘都不想和她在一起。

☞ビールを三十本も飲みました。

竟然喝了三十瓶啤酒。

☞のどが痛くて水も飲めません。

喉嚨很痛，連水都沒辦法喝。

• track 067

の

説明

「の」是表示「的」，具有表示所屬、說明屬性的意思。像是「私の本」裡的「の」，就是「我的書」中「的」的意思。

例句

☞先生の車です。

老師的車。（表示所屬關係）

☞日本人の弁護士です。

日籍律師。（表示屬性）

☞四時の飛行機です。

四點的飛機。（表示屬性）

☞革のジャケットです。

皮製的夾克。（表示屬性）

☞台湾の台北です。

台灣的台北。（表示位置關係）

☞数学の本です。

數學相關的書。（表示屬性）

説明

「を」通常使用在他動詞和自動詞中的移動動詞前面。剛好在前面的自動詞句和他動詞句中，都學習過「を」的用法。這裡再次加以整理複習。

1・表示他動詞動作的對象

2・表示移動動詞動作的場所

3・從某處出來

を的用法(1)

表示他動詞動作的對象

説　明

當「を」出現在名詞後面的時候，是表示動詞所動作的對象，這時的名詞也就是一般所說的「受詞」。

例　句

☞ジュースを飲みます。

　　喝果汁。

☞料理を作ります。

　　做菜。

☞本を読みます。

　　讀書。

☞ニュースを見ます。

　　看新聞。

☞花を買いました。

　　買了花。

☞絵を描きました。

　　畫了畫。

• track 068

を的用法(2)

表示移動動詞動作的場所

説明

在前面的自動詞篇章中，曾經提到自動詞中有種特別的動詞，叫做「移動動詞」，而在移動動詞中，表示在某區域、場所間移動的動詞，就要要使用「を」來表示移動的地點和場所。

例句

☞公園を散歩します。

在公園裡散步。

☞道を歩きます。

在路上走。／走路。

☞道を通ります。

通過道路。

☞海を渡ります。

渡海。

☞鳥が空を飛びます。

鳥在空中飛翔。

を的用法(3)

從某處出來

説明

要表示從某個地方出來，是在場所的後面加上「を」。（和起點的意思不同，而是單純指從某地方裡面出來到外面的感覺）

例句

☞朝、家を出る。

早上從家裡出來。

☞台北でバスを降ります。

在台北下了公車。

☞明日、日本を発ちます。

明天從日本出發。

☞船が港を離れます。

船離開了港口。

☞大学を出ました。

從大學畢業了。

☞彼は短期大学を出ています。

他是短期大學畢業的。

か

説明

「か」是表示疑問的意思，通常是放在句尾，
或者是名詞的後面使用。大致可以分成兩種
用法：

1‧表示疑問或邀約

2‧選項

3‧不特定的對象

か的用法(1)

表示疑問或邀約

説明

在前面學過的名詞句、形容詞句、動詞句中，要寫成疑問的型式時，都是在句末加上助詞「か」。相信大家對它的用法已經十分熟悉了。

例句

☞このかばんはあなたのですか。

那個包包是你的嗎？（表示疑問）

☞あの人は誰ですか。

那個人是誰？（表示疑問）

☞どこへ行きたいですか。

想去哪裡呢？（表示疑問）

☞いいですか。

可以嗎？／好嗎？（表示疑問）

☞一緒に映画を見に行きませんか。

要不要一起去看電影？（詢問對方意願）

☞お食事に行きましょうか。

要不要一起去吃飯？（表示邀請）

か的用法(2)

選項

説明

在句子中列出兩個以上的選項，要從其中選擇。這時選項的後面加上「か」即表示選擇其中一項的意思，就如同中文裡的「或者」之意。

例句

☞ペンか鉛筆で書きます。

　用筆或是鉛筆寫。

☞飲み物か食べ物を選びます。

　選喝的或是吃的。

☞毎朝、牛乳か紅茶を飲みます。

　每天早上喝牛奶或是紅茶。

☞イギリスかアメリカへ行きます。

　去英國或是美國。

☞野菜か肉を買います。

　買菜或是肉。

☞紙かノートを貸します。

　借紙或是筆記本給別人。

か的用法(3)

表示不特定的對象

説 明

在疑問詞的後面，加上「か」，可以用來表示不特定的對象。像是在「だれ」的後面加上「か」，即表示「某個人」的意思。

❖ だれ＋か→だれか
　某個人

❖ どこ＋か→どこか
　某處

❖ なに＋か→なにか
　某個

❖ いつ＋か→いつか
　某個時候

例 句

☞誰かがこっちに来ます。

　有某個人向這裡走來。

☞どこかにおきましたか。

　放在哪裡了呢？

☞何か食べ物がありませんか。

　有沒有什麼吃的？

☞いつかまた会いましょう。

　某個時候還會再見面的。／後會有期。

• track 071

に

説 明

「に」可以用來表示進行動作的地點、目的
地、時間…等。大致可分為下列幾種：

1・表示存在的場所
2・表示動作的場所
3・表示動作的目的
4・表示目的地
5・表示時間
6・表示變化的結果

に的用法(1)

表示存在的場所

説明

在表示地方的名詞後面加上「に」，表示物品或人物位於某個地點。通常和前面所學過的「あります」「います」配合使用。

例句

☞机の上にお菓子があります。

　桌上有零食。

☞庭に犬がいます。

　院子裡有狗。

☞棚の上に本があります。

　架子上有書。

☞教室に学生がいます。

　教室裡有學生。

☞部屋にベッドがあります。

　房間裡有床。

に的用法(2)

表示動作進行的場所

説明

一個動作一直固定在某個地方進行的時候，就會在場所的後面用「に」來表示是長期、穩定的在該處進行動作。若是短暫的動作時，則是用「で」來表示。（可參照後面「で」的介紹）

例句

☞出版社に勤めます。

在出版社工作。

（表示長期在出版社上班）

☞名古屋に住みます。

住在名古屋。

（表示長期住在名古屋）

☞公園のベンチに座ります。

坐在公園的長椅上。

（表示坐在椅子上穩定的狀態）

☞ここにおきます。

放在這裡。

（表示放置在這裡的穩定狀態）

に的用法(3)

表示動作的目的

説明

在前面的他動詞句中曾經學過，要表示動作的目的時，可以用動詞ます形的語幹加上助詞「に」來表示目的。而在名詞後面加上「に」也具有表示目的之意。

例句

☞映画を見に行きます。

　去看電影。

☞ご飯を食べに行きます。

　去吃飯。

☞留学に来ました。（名詞＋に）

　來留學。

☞誕生日のお祝いにケーキを買いました。

　（お祝い：祝賀）

　為慶祝生日買了蛋糕。

☞旅行の思い出に写真を撮りました。

　（思い出：回憶）

　為了旅行的回憶，拍了照片。

☞明日買い物に行きます。（買い物：購物）

　明天要出去購物。

に的用法(4)

表示目的地

説明

在場所的後面加上「に」是表示這個場所是動作的目的地或目標。

例句

☞公園に行きます。

去公園。

☞電車が駅に着きました。

電車已經到站。

☞気温が三十度に達しました。

氣溫達到了三十度。

☞日本に到着しました。

到達日本了。

☞タクシーに乗ります。

搭乘計程車。

（表示進入計程車內）

☞部屋に入ります。

進入屋子裡。

（表示進到屋子裡面）

に的用法(5)

表示時間

説明

在表示時間的名詞後面加上「に」，可以用來說明動作的時間點，也可以用來表示時間的範圍。可參照下面例句的說明。

例句

☞毎日十時に寝ます。

每天十點就寢。（表示動作的時間點）

☞冬に沖縄を旅行しました。

冬天時去沖繩旅行。（表示動作的時間點）

☞一日に二杯コーヒーを飲みます。

一天喝兩杯咖啡。（表示時間的範圍）

☞週に三回運動します。

一週做三次運動。（表示時間的範圍）

☞月に二回図書館に行きます。

一個月去兩次圖書館。（表示時間的範圍）

☞二人に一人は子供です。

兩個人裡就有一個是小孩。

（表示比例／條件範圍）

に的用法(6)

表示變化的結果

説明

在句子中，若要表示變化的結果時，要在表示結果的詞（可以是名詞、な形容詞）後面加上「に」。

例句

☞医者になりました。

變成醫生了。／當上醫生了。

☞兄が大学生になりました。

變成大學生了。／當上大學生了。

☞水が氷になります。

水變成冰。

☞きれいになりました。

變漂亮了。

☞大人になりました。

變成大人了。

☞大都市になりました。

變成大都市了。

• track 075

へ

説明

「へ」表示動作的目標，這個目標可以是場所，也可以是人。「へ」在使用上，有時可以和「に」作用相同，但「へ」較具有表示方向的意思。（可參考「に」的介紹）

例句

☞ 明日、日本へ出発します。

明天要出發前往日本。

☞ どこへ行きますか。

要去哪裡？

☞ 両親へ電話をかけます。

打電話給父母。

☞ 友達へメールをします。

發電子郵件給朋友。

☞ 国の家族へ電話します。

打電話給在家鄉的家人。

☞ 何時に家へつきましたか。

何時到家的？

● track 075

で

説明

「で」可以用來表示地點、手段、理由、狀態…等。大致可分為下列幾種用法：

1・動作進行的地點
2・表示手段、道具或材料
3・表示原因
4・表示狀態
5・表示範圍、期間

で的用法(1)

動作進行的地點

説明

在場所的後面加上「で」通常是表示短時間內在某個地點進行一個動作，這個動作並不是固定出現的。（用法和「に」不同，可參照「に」的説明）

例句

☞ 夏は海で泳ぎます。

夏天時在海裡游泳。

☞ 三十歳で結婚しました。

三十歳時結婚了。

☞ 私は大阪で生まれました。

我是在大阪出生的。

☞ 今度の大会は名古屋で行われます。

下次的大會是在名古屋舉辦。

☞ チリで大きい地震がありました。

智利發生了大地震。

で的用法(2)

表示手段、道具或材料

説明

表示手段時，在名詞的後面加上「で」，用來表示「藉著」此物品來進行動作或達成目標。另外，物品是「用什麼」做成的，如：木材製成桌椅，也是以「で」來表示；但若是產生化學變化而產生的物品，例如：石油變成纖維，則不能用「で」。

例句

☞ 電車で学校へ行きます。

坐電車去學校。（表示手段）

☞ 日本語で答えます。

用日語回答。（表示手段）

☞ 包丁で肉を切ります。

用菜刀切肉。（表示道具）

☞ フォークでハンバーグを食べます。

用叉子吃漢堡排。（表示道具）

☞ この椅子は木で作られます。

這把椅子是用木頭做的。（表示材料）

比較

ワインはぶどうから作られます。

紅酒是葡萄做成的。

（表示材料，有化學變化，用「から」）

で的用法(3)

表示原因

説明

「で」也可以用來表示理由。說明由於什麼原因而有後面的結果。

例句

☞寝坊で遅刻しました。

因為睡過頭而遲到。

☞病気で会社を休みました。

因生病而向公司請假。

☞地震でビルが倒れました。

因為地震大樓倒塌。

☞小さいことで喧嘩しました。

因為小事而吵架。

☞頭痛で参加できませんでした。

因為頭痛而無法參加。

☞風邪で早退しました。

因為感冒而早退。

で的用法(4)

表示狀態

説明

「で」也可以用來表示動作進行時的狀態，
例如：一個人、大家一起、一口氣…等。

例句

☞一人でご飯を作りました。

　一個人作好飯。

☞二人で完成しました。

　兩個人一起完成了。

☞一人で日本へ旅行しました。

　一個人去日本旅行。

☞みんなで映画を見に行きます。

　大家一起去看電影。

☞勢いで成功しました。

　一股作氣成功了。

☞すごい速さで日本語が上手になりました。

　日語以飛快速度進步了。

で的用法(5)

表示範圍、期間

説明

「で」也可以用來表示期間、期限或是範圍。

例句

☞一年間で百万貯金しました。

用一年的時間存了一百萬。

☞この仕事は来週で終わります。

這個工作在下星期就要告一段落。

☞世界で一番好きな人は誰ですか。

世界上你最喜歡的人是誰?

☞彼女はクラスで一番人気の子です。

她是班上最有人緣的孩子。

☞この車は三十万円で買えます。

這台車用三十萬日幣就能買到。

☞この中で一番好きなのはどれですか。

在這其中你最喜歡哪一個?

と

説 明

要舉出兩件以上的事物，而這幾件事物的位置是同等並列的時候，就用「と」來表示。另外還可以表示和誰進行相同的動作、表示自己的想法…等等。在本篇中先介紹較基礎的用法，而不列出需要做動詞變化之用法。

1・二者以上並列

2・表示一起動作的對象

3・傳達想法或説法

と的用法(1)

二者以上並列

説明

列舉出兩個以上的事物，表示這些事物是同等地位的時候，就用「と」來表示。意思就與中文裡的「和」相同。

例句

☞牛乳と紅茶を買いました。

買了牛奶和紅茶。

☞あそこに田中さんと田村さんがいます。

田中先生和田村先生在那裡。

☞定休日は日曜日と水曜日です。

公休日是星期日和星期三。

☞いちごとりんごとどちらがいいですか。

草莓和蘋果，哪一個比較好？

☞パスタとケーキを食べました。

吃了義大利麵和蛋糕。

☞机の上にテレビとゲーム機があります。

桌上有電視和電動。

と的用法(2)

表示一起動作的對象

説 明

要說明一起進行動作的對象，就在表示對象
的名詞後面加上「と」。

例 句

☞恋人と電話で話しました。

和男（女）朋友講了電話。

☞友達と映画を見に行きました。

和朋友去看了電影。

☞クラスメートと喧嘩しました。

和同學吵架了。

☞上司と一緒に食事に行きました。

和主管一起去吃了飯。

☞友達と日本へ旅行に行きます。

要和朋友去日本旅行。

☞近所のおばさんと話しました。

和附近的阿姨講了話。

と的用法(3)

傳達想法或說法

説明

要傳達自己的想法或是轉達別人的說法時，中文裡會用「我覺得…」「他說…」等方法表示，而在日文中，會在完整的句子後面加上「と」，來表示這是一個想法或是別人的說法。（「と」的前面是用「常體」，可參考「使用常體的表現」一章）

例句

☞あの映画は面白いと思います。

　我覺得那部電影很有趣。

☞これは難しいと思います。

　我覺得這個很難。

☞昨日の試験はやさしかったと思います。

　我覺得昨天的考試很簡單。

☞この番組はつまらないと思います。

　我覺得這個節目很無聊。

☞妹は歌手になりたいと言いました。

　妹妹說她想當歌手。

☞彼は甘いものが好きだと言いました。

　他說他喜歡甜食。

から

説明

「から」具有「從…」和「因為」兩種意思。
依照意思的不同，也可以分成下列用法：

1・表示起點
2・表示原因
3・表示原料

から的用法(1)

表示起點

説明

「から」可以用來表示起點，這裡的起點可以是地點、時間、範圍、立場…等。

例句

☞日本からはがきが来ました。

　從日本寄來了明信片。（表示地點的起點）

☞授業は九時からです。

　課程從九點開始。（表示時間的起點）

☞今日は学校から公園まで走りました。

　今天從學校跑到了公園。（表示範圍）

☞昨日は十ページから三十ページまで読みました。

　昨天從第十頁讀到第三十頁。（表示範圍）

☞試験は朝十時から午後三時までです。

　考試是從早上十點到下午三點。（表示範圍）

☞夏休みは七月一日からです。

　暑假是從七月一日開始。（表示時間的起點）

から的用法(2)

表示原因

説明

「から」用來表示原因時，是表示自己的主張，或是對別人發出命令時使用。

例句

☞眠いから行きません。

因為想睡所以不去。

☞暑いから食べたくないです。

因為天氣很熱所以不吃。

☞うるさいからうちを出ます。

因為很吵，所以離開家裡。

☞寒いから出かけません。

因為很冷所以不出門。

☞暑いから窓を開けてください。

因為很熱所以請開窗。（請託的說法）

☞遅いから早く寝なさい。

因為很晚了快去睡覺。（命令）

から的用法(3)

表示原料

説明

前面曾經學過「で」也可以用來表示製作物品的原料。「で」是用來表示原料直接製成物品，而沒有經過質料的變化。「から」則是原料經過了化學變化，成品完成後已經看不出原料的材質和形式了。

例句

☞ワインはぶどうから作られます。

紅酒是葡萄做的。

☞プラスチックは石油からできています。

塑膠是石油做的。

☞酒は米から作られます。

清酒是用米做的。

☞紙は木から作られます。

紙是用木頭做的。

☞味噌は大豆から作られます。

味噌是用大豆做的。

より

説明

「より」具有比較基準的意思，也就是中文裡的「比」。另外也含有起點意思。在本篇中，先針對比較的意思來學習。在使用「より」時，需注意據前後文的排列方法不同，比較的結果也不同，下面就用例句來說明。

例句

☞彼女は私より背が高いです。

她比我高。

☞彼女より、私のほうが背が高いです。

比起她，我比較高。

☞日本は台湾より大きいです。

日本比台灣大。

☞日本より、アメリカのほうが大きいです。

比起日本，美國比較大。

☞母は私より優しいです。

媽媽比我溫柔。

☞母より、私のほうが優しいです。

比起媽媽，我比較溫柔。

まで

説明

「まで」是用來表示一個範圍的終點，可以是時間也可以是地點場所。

例句

☞今日は学校から公園まで走りました。

　今天從學校跑到了公園。（公園是終點）

☞昨日は十ページから三十ページまで読みました。

　昨天從第十頁讀到第三十頁。

　（三十頁是範圍的終點）

☞試験は朝十時から午後三時までです。

　考試是從早上十點到下午三點。（表示時間終點）

☞仕事で高雄まで行きます。

　因為工作的關係，要到高雄去。

　（表示達到的地點）

☞五時までに宿題を出してください。

　請在五點以前交作業。

　（限定的時間點；表示時間點時要用「までに」）

など

説明

「など」等同於中文裡的「…等」之意。是在很多物品中列舉了其中幾樣的意思，或者是從眾多的物品中舉出了其中幾樣當例子。

例句

☞朝はトーストやサンドイッチなどを食べます。

早上通常是吃吐司或是三明治之類的。

☞学校の前には本屋や八百屋や交番などがあります。

學校前面有書店、蔬菜店、警察局…等等。

☞食事の後でジュースなどいかがですか。

（いかが：如何）

吃完飯後，要不要來杯果汁之類的。

☞九州や東京などはどうですか。

九州或是東京之類的如何呢？

☞野菜や肉などを買いました。

買了些蔬菜和肉之類的。

☞昨日、アニメやドラマなどを見ました。

昨天看了卡通、連續劇之類的節目。

説明

「や」可以當成是「或是」的意思。用在並列舉出例子的時，將這些例子串連起來。

例句

☞ ここには、台湾や日本や韓国など、いろいろな国の社員がいます。

在這裡，有台灣、日本、韓國…等各國的員工。

☞ 考え方ややり方は違います。

想法或是做法不同。

☞ 部屋に机やベッドなどがあります。

房間裡有桌子和床…等等。

☞ 朝はトーストやサンドイッチなどを食べます。

早上通常是吃吐司或是三明治之類的。

☞ 学校の前には本屋や八百屋や交番などがあります。

學校前面有書店、蔬菜店、警察局…等等。

• track 084

しか

説明

「しか」是「只」的意思，是限定程度、範圍的說法。在使用「しか」的時候，後面一定要用否定形，就如同是中文裡面的「非⋯不可」的意思。

例句

☞肉しか食べません。
　非肉不吃。／只吃肉。
☞水しか飲みません。
　非水不喝。／只喝水。
☞教科書しか読みません。
　非教科書不看。／只看教科書。
☞漫画しか読みません。
　非漫畫不看。／只看漫畫。
☞仕事しか考えません。
　非工作不想。／只想著工作。
☞日本しか行きません。
　非日本不去。／只去日本。

くらい

説明

在日文中，要表示大概的數字和程度時，可以用「くらい」或是「ほど」來表示。其中「くらい」是較口語的說法。

例句

☞学校までは五分くらいかかります。

到學校約需五分鐘。

☞これは三千円くらいかかります。

這個大約三千元。

☞ここは台北の三倍くらいの面積があります。

這裡的面積大約有台北的三倍大。

☞庭に二歳くらいの子供がいます。

院子裡有個兩歲左右的小孩。

☞四時ぐらいに帰りました。

四點左右回家了。

☞ここは千人くらいの人が集まります。

這裡大約會聚集一千人左右。

ながら

説明

「ながら」有下列兩種用法：

1・同時進行

2・逆接

• track 086

ながら的用法(1)

同時進行

説明

「ながら」的用法就等同於中文裡的「一邊
…一邊…」，而接續的方式是把動詞ます形
的語幹保留，加上「ながら」。例如「飲み
ます」這個動詞，去掉後面的ます，只保留
語幹部分，再加上「ながら」，即是「飲み
ながら」。

例句

☞彼は音楽を聴きながら本を読みます。

　他一邊聽音樂一邊讀書。

☞私はいつもテレビを見ながらご飯を食べます。

　我總是一邊看電視一邊吃飯。

☞笑いながら漫画を読みます。

　一邊笑一邊看漫畫。

☞話しながら働きます。

　一邊說話一邊工作。

☞私たちは卒業アルバムを見ながら話します。

　我們一邊看著畢業紀念冊一邊聊天。

☞資料を見ながら書きます。

　一邊看資料一邊寫。

ながら的用法(2)

逆接

説明

「ながら」的另一種用法，是表示「雖然…卻…」的意思。動詞的接續方式和前一篇中所說的一樣，也是把動詞ます形的語幹保留，加上「ながら」。另外也可以接用形容詞、名詞。

例句

☞お酒は体に悪いと知りながらなかなかやめられません。

雖然知道酒對身體不好，卻還是無法戒掉。

☞残念ながら、出席できません。

很遺憾，無法出席。

（「残念ながら」為慣用法，意為雖然很可惜，但是…）

☞彼は小柄ながら体力があります。

他的個子雖小，但很有體力。

☞小さいながらも楽しい我が家。

我家雖然很小卻很歡樂。

（ながらも也是雖然的意思）

動詞

動詞概說
一類動詞
二類動詞
三類動詞

動詞概說

從本章開始，就要進入學習日語的另一階段
—動詞變化。為了方便學習動詞的各種變化
方法，我們必需要先熟記日語動詞的分類。
日後學習的各種動詞變化方法，都是依照該
動詞所屬的分類而去做變化的。因此熟記動
詞所屬的分類，即是十分重要的一環。若是
可以學習好動詞的分類和變化方法，對於看
懂文章或是進行會話，都會更加順利。

日語中的動詞，可以分成三類，分別為一類
動詞、二類動詞和三類動詞。這種分法是針
對學習日語的外國人而分類的。另外還有一
套是屬於日本國內教育或是字典上的分類法。
為了學習的方便，在本書中是以較簡易的前
者為教學內容。無論是學習哪一種動詞分類
方法，都能夠完整學習到日語動詞變化，所
以不用擔心會有遺漏。

一類動詞

説明

在日文五十音中，帶有「i」音的稱為「い段」，也就是「い、き、し、ち、に、ひ、み、り」等音。要判斷一類動詞，只要看動詞ます形的語幹部分（在ます之前的字）最後一個音是「い段」的音，多半就屬於一類動詞。

舉例來說，「行きます」這個字，在語幹的部分，最後一個音是「き」，發音為「ki」屬於「い段音」，因此就屬於一類動詞。

行きます。

行き<u>ます</u>

い段音→一類動詞

下面就列出常見的一類動詞。

⇨ **い段音（發音結尾帶有 i 的音）：**

い、き、し、ち、に、ひ、み、り、ぎ、じ、ぢ、び、ぴ

⇨ **語幹為「い」結尾：**

買います	買
使います	使用
払います	付（錢）

洗<ruby>洗<rt>あら</rt></ruby>います	洗
<ruby>歌<rt>うた</rt></ruby>います	唱歌
<ruby>会<rt>あ</rt></ruby>います	會見／碰面
<ruby>吸<rt>す</rt></ruby>います	吸
<ruby>言<rt>い</rt></ruby>います	說
<ruby>思<rt>おも</rt></ruby>います	想

➪ 語幹為「き」結尾：

<ruby>行<rt>い</rt></ruby>きます	去
<ruby>書<rt>か</rt></ruby>きます	寫
<ruby>聞<rt>き</rt></ruby>きます	聽／問
<ruby>泣<rt>な</rt></ruby>きます	哭
<ruby>働<rt>はたら</rt></ruby>きます	工作
<ruby>歩<rt>ある</rt></ruby>きます	走路
<ruby>置<rt>お</rt></ruby>きます	放置

➪ 語幹為「ぎ」結尾：

<ruby>泳<rt>およ</rt></ruby>ぎます	游泳
<ruby>脱<rt>ぬ</rt></ruby>ぎます	脫

➪ 語幹為「し」結尾：

話します	說話
消します	消除／關掉
貸します	借出
返します	返還

➪ 語幹為「ち」結尾：

待ちます	等待
持ちます	拿著／持有
立ちます	站立

➪ 語幹為「に」結尾：

死にます	死亡

➪ 語幹為「び」結尾：

遊びます	遊玩
呼びます	呼叫／稱呼
飛びます	飛

➪ 語幹為「み」結尾：

飲みます	喝
読みます	讀

休みます	休息

住みます	居住

⇨ 語幹為「り」結尾：

作ります	製作

送ります	送

売ります	賣

座ります	坐下

乗ります	乘坐

渡ります	渡／橫越

帰ります	回去

入ります	進去

切ります	切

二類動詞

説明

在五十音中，發音中帶有「e」的音，稱為「え段」音。動詞ます形的語幹中，最後一個字的發音為え段音的，則是屬於二類動詞。例如：「食べます」的語幹「食べ」最後的一個字「べ」是屬於え段音，因此「食べます」就屬於二類動詞。

在二類動詞中，有部分的語幹是「い段音」結尾，卻仍歸於二類動詞中，這些就屬於例外的二類動詞。

⇨ **え段音：**

え、け、せ、て、ね、へ、め、れ、げ、ぜ、で、べ、ぺ

⇨ **語幹為「え」結尾：**

教える	教導／告訴
覚える	記住
考える	思考／考慮
変える	改變

⇨ **語幹為「け」結尾：**

開けます	打開

つけます	付屬
掛けます	掛

▷ 語幹為「げ」結尾：

上げます	上升

▷ 語幹為「め」結尾：

閉めます	關上
始めます	開始

▷ 語幹為「れ」結尾：

忘れます	忘記
流れます	流
入れます	放入

▷ 語幹為「べ」結尾：

食べます	吃
調べます	調查

▷ 語幹為「て」結尾：

捨てます	丟棄

▷ 語幹為「で」結尾：

出ます	出來

語幹為「せ」結尾：

見せます	出示
知らせます	告知

語幹為「ね」結尾：

寝ます	睡

例外的二類動詞（語幹為い段音，但屬於二類動詞）

います	在
着ます	穿
飽きます	膩／厭煩
起きます	起床／起來
生きます	生存
過ぎます	超過
信じます	相信
感じます	感覺
案じます	思考
落ちます	掉落
似ます	相似
煮ます	煮

見ます	看見
降ります	下車
借ります	借入
できます	辦得到
伸びます	延伸
浴びます	淋/洗

三類動詞

説明

三類動詞只有兩個需要記憶，分別是「来ま
す」和「します」。由於這兩個動詞的變化
方法較為特別，因此另外列出來為三類動詞。
其中「「します」是「做」的意思，前面可
以加上名詞，變成一個完整的動作。比如說
「結婚」原本是名詞，加上了「します」，
就帶有結婚的動詞意義。像這樣以「します」
結尾的動詞，也都是屬於三類動詞。

来ます	來
します	做

▷ 名詞＋します

勉強します	念書／學習
旅行します	旅行
研究します	研究
掃除します	打掃
洗濯します	洗衣
質問します	發問

説明します	説　明
紹介します	介紹
心配します	擔心
結婚します	結婚
準備します	準備
散歩します	散步

字典形／常體非過去形

字典形概說
字典形－一類動詞
字典形－二類動詞
字典形－三類動詞

「字典形」概說

説明

如果有翻過日文字典的人，應該會發現，日文字典裡的單字，動詞的部分都不是以「ます」結尾，而且就算是用ます形的語幹去查詢，也沒有辦法在字典中找到想要的動詞。這是因為字典中的動詞，都是以「常體非過去形」也就是「字典形」的形式來呈現的。

那麼，什麼是「字典形」呢？「字典形」又可以稱作是「常體非過去形」。常體是相對於「敬體」來說，在日文中，為了表示尊重對方，於是在動詞上加了很多華麗的裝飾，「敬體」就是其中一種。如果將這些敬體都拿掉，剩下的就是動詞最原本的模樣，也就是「常體」。

「常體」的使用場合，是在與平輩或較熟識的朋友交談時使用。另外寫文章也可以使用常體。

常體也分成過去和非過去形。常體非過去形則是動詞的現在式、未來式的表現方式，也等於是動詞最原始的形式。而因為「常體非過去形」是動詞最基本的模樣，所以字典在收錄動詞時便以這種形式收錄。

簡單的說，「字典形」就是「常體非過去式」；使用的方式和常體相同。

以下就利用大家常聽到的句子為例：

わかります。
我知道。（ます形）
わかる。
我知道。（常體非過去形）

字典形－一類動詞

説明

一類動詞要變成字典形時，先把代表禮貌的「ます」去掉。再將ます形語幹的最後一個字，從同一行的「い段音」變成「う段音」，就完成了字典形的變化。

例如：

行きます

↓

行き~~ます~~

↓

行く（か行的い段音「き」變成か行的う段音「く」，即：ki→ku）

▷（「い段音」→「う段音」）

書きます→書く(ki→ku)

泳ぎます→泳ぐ(gi→gu)

話します→話す(shi→su)

立ちます→立つ(chi→tsu)

呼びます→呼ぶ(bi→bu)

住みます→住む(mi→mu)

乗ります→乗る(ri→ru)

使います→使う(i→u)

● track 093

例 句

☞学校へ行きます。（去學校）
　↓
　学校へ行く。

☞プールで泳ぎます。（在游泳池游泳）
　↓
　プールで泳ぐ。

☞電車に乗ります。（搭火車）
　↓
　電車に乗る。

字典形－二類動詞

說明

二類動詞要變成字典形，只需要先將動詞ま
す形的「ます」去掉，再加上「る」，即完
成了動詞的變化。

例：

食べます

↓

食べ ~~ます~~

↓

食べ＋る

↓

食べる

⇨ （ます→る）

教えます→教える

掛けます→掛ける

見せます→見せる

捨てます→捨てる

始めます→始める

寝ます→寝る

出ます→出る

います→いる

着ます→着る

飽きます→飽きる

起きます→起きる

生きます→生きる

過ぎます→過ぎる

似ます→似る

見ます→見る

降ります→降りる

できます→できる

例 句

☞野菜を食べます。（吃蔬菜）
　　↓
　野菜を食べる。

☞電車を降ります。（下火車）
　　↓
　電車を降りる。

☞朝早く起きます。（一大早起床）
　　↓
　朝早く起きる。

字典形－三類動詞

説明

三類動詞只有「来ます」和「します」，它們的字典形分別是：

来ます→来る（請注意發音）
します→する
勉強します→勉強する

▷ (特殊變化)

来ます→来る

します→する

勉強します→勉強する

洗濯します→洗濯する

質問します→質問する

説明します→説明する

紹介します→紹介する

心配します→心配する

結婚します→結婚する

例　句

☞うちに来ます。（來我家）

　↓

　うちに来る。

☞友達と一緒に勉強します。（和朋友一起念書）

　↓

　友達と一緒に勉強する。

☞子供のことを心配します。（擔心孩子的事）

　↓

　子供のことを心配する。

常體否定形（ない形）

常體否定形－一類動詞
常體否定形－二類動詞
常體否定形－三類動詞

常體否定形－一類動詞

説明

前面學習了常體的非過去形之後，現在要學習常體非過去的否定形。一類動詞的常體否定形，是將ます形語幹的最後一個音，從同一行的「い段音」變成「あ段音」，然後再加上「ない」。即完成常體否定形的變化。其中需要注意的是，語幹結尾若是「い」則要變成「わ」。

例如：

書きます

↓

書き~~ます~~

↓

書か（か行「い段音」的「き」變成か行「あ段音」的「か」。き→か；即：ki→ka）

↓

書かない（加上「ない」）

⇨（「い段音」→「あ段音」＋「ない」）

書きます→書かない(ki→ka)

泳ぎます→泳がない(gi→ga)

話します→話さない(shi→sa)

立ちます→立たない(chi→ta)

• track 096

呼びます→呼ばない(bi→ba)

住みます→住まない(mi→ma)

乗ります→乗らない(ri→ra)

使います→使わない(i→wa) （特殊變化）

例 句

☞日本に住みません。 （不住日本）
　↓
　日本に住まない。

☞道具を使いません。 （不用道具）
　↓
　道具を使わない。

☞友達と話しません。 （不和朋友說話）
　↓
　友達と話さない。

常體否定形－二類動詞

説明

二類動詞的常體否定形，只要把ます形語幹的部分加上表示否定的「ない」，即完成變化。

例如：

食べます

↓

食べ~~ます~~

↓

食べない（加上「ない」）

⇨ （ます→ない）

教えます→教えない

掛けます→掛けない

見せます→見せない

捨てます→捨てない

始めます→始めない

寝ます→寝ない

出ます→出ない

います→いない

着ます→着ない

飽きます→飽きない

起きます→起きない

• track 097

生きます→生きない

過ぎます→過ぎない

似ます→似ない

見ます→見ない

降ります→降りない

できます→できない

例 句

☞野菜を食べません。（不吃蔬菜）
　↓
　野菜を食べない。

☞電車を降りません。（不下火車）
　↓
　電車を降りない。

☞朝早く起きません。（不一大早起床）
　↓
　朝早く起きない。

常體否定形－三類動詞

說明

三類動詞的常體否定為特殊的變化方式，如下面列句所列。

⇨ **(特殊變化)**

来ます→来ない（請注意發音的變化）

します→しない

勉強します→勉強しない

洗濯します→洗濯しない

質問します→質問しない

説明します→説明しない

紹介します→紹介しない

心配します→心配しない

結婚します→結婚しない

例句

☞うちに来ません。（不來我家）

↓

うちに来ない。

☞友達と一緒に勉強しません。（不和朋友一起念書）

↓

友達と一緒に勉強しない。

使用ない形的表現

食べないでください
食べなければなりません

• track 099

食べないでください
請不要吃

説明

「～ないでください」是委婉的禁止，表示請不要做某件事情。

例句

☞タバコを吸わないでください。
請不要吸菸。

☞この機械を使わないでください。
請不要用這臺機器。

☞図書館の本にメモしないでください。
請不要在圖書館的書上做筆記。

☞寒いので、ドアを開けないでください。
因為很冷，請不要開門。

☞今日は出かけないでください。
今天請不要出門。

☞写真を撮らないでください。
請不要拍照。

食べなければなりません
非吃不可／一定要吃

説明

「～なければなりません」是表示一定要做某件事情，帶有強迫、禁止的意味。

例句

☞レポートを出さなければなりません。
　報告不交不行。／一定要交報告。

☞お金を払わなければなりません。
　不付錢不行。／一定要付錢。

☞七時に帰らなければなりません。
　七點前不回家不行。／七點一定要回家。

☞掃除しなければなりません。
　不打掃不行。／一定要打掃。

☞勉強しなければなりません。
　不用功不行。／一定要用功。

☞仕事を頑張らなければなりません。
　工作不努力不行。／一定要努力工作。

常體過去形（た形）

常體過去形（た形）－一類動詞
常體過去形（た形）－二類動詞
常體過去形（た形）－三類動詞
常體過去形（た形）－否定

常體過去形（た形）－
一類動詞

説 明

常體過去形又稱為た形，一類動詞的常體過
去形變化又可依照動詞ます形的語幹最後一
個字，分為下列幾種：
1・語幹最後一個字為い、ち、り→った
2・語幹最後一個字為き、ぎ→いた、いだ
3・語幹最後一個字為み、び、に→んだ
4・語幹最後一個字為し→した

一類動詞(1)

語幹最後一個字為 い、ち、り→った

⇨ （い、ち、り→っ＋た）

払_{はら}います→払_{はら}った

歌_{うた}います→歌_{うた}った

作_{つく}ります→作_{つく}った

送_{おく}ります→送_{おく}った

売_うります→売_うった

待_まちます→待_まった

持_もちます→持_もった

立_たちます→立_たった

行_いきます→行_いった（此為特殊變化）

例 句

☞新_{あたら}しい携帯_{けいたい}を買_かいました。（買了新手機）

　↓

　新_{あたら}しい携帯_{けいたい}を買_かった。

☞自分_{じぶん}で料理_{りょうり}を作_{つく}りました。（自己做了菜）

　↓

　自分_{じぶん}で料理_{りょうり}を作_{つく}った。

一類動詞(2)

語幹最後一個字為 き、ぎ→いた、いだ

⇨ （き→い＋た／ぎ→い＋だ）

聞きます→聞いた

泣きます→泣いた

歩きます→歩いた

働きます→働いた

泳ぎます→泳いだ

脱ぎます→脱いだ

例 句

☞小説を書きました。（寫了小説）
　↓
　小説を書いた。

☞学校まで歩きました。（走到學校）
　↓
　学校まで歩いた。

☞プールで泳ぎました。（在泳池游過泳）
　↓
　プールで泳いだ。

一類動詞(3)

語幹最後一個字為
み、び、に→んだ

⇨ （み、び、に→ん＋だ）

読みます→読んだ

住みます→住んだ

休みます→休んだ

飛びます→飛んだ

呼びます→呼んだ

遊びます→遊んだ

死にます→死んだ

例　句

☞昨日くすりを飲みました。（昨天吃了藥）

　↓

　昨日くすりを飲んだ。

☞公園で遊びました。（在公園玩過）

　↓

　公園で遊んだ。

☞日本に住みました。（在日本住過）

　↓

　日本に住んだ。

一類動詞(4)

語幹最後一個字為 し→した

⇨ （し→し＋た）

消します→消した

貸します→貸した

返します→返した

例 句

☞昨日、友達と話しました。（昨天和朋友説過話）

↓

昨日、友達と話した。

☞電気を消しました。（關了燈）

↓

電気を消した。

☞お金を貸しました。（借出錢）

↓

お金を貸した。

☞本を返しました。（還了書）

↓

本を返した。

• track 102

常體過去形（た形）－
二類動詞

説 明

二類動詞要變化成常體過去形，只需要把動詞ます形的語幹後面加上「た」即完成變化。

例如：

食べます

↓

食べ ~~ます~~

↓

食べた

▷ （ます→た）

教えます→教えた

掛けます→掛けた

見せます→見せた

捨てます→捨てた

始めます→始めた

寝ます→寝た

出ます→出た

います→いた

着ます→着た

飽きます→飽きた

起きます→起きた

生きます→生きた

過ぎます→過ぎた

似ます→似た

見ます→見た

降ります→降りた

できます→できた

例 句

☞野菜を食べました。（吃過蔬菜了）

　↓

　野菜を食べた。

☞電車を降りました。（下火車了）

　↓

　電車を降りた。

☞朝早く起きました。（一大早就起來了）

　↓

　朝早く起きた。

• track 103

常體過去形（た形）－三類動詞

説明

三類動詞為特殊的變化，變化的方法如下：
来ます→来た
します→した
勉強します→勉強した

⇨ （ます→た）

来ます→来た

します→した

勉強します→勉強した

洗濯します→洗濯した

質問します→質問した

説明します→説明した

紹介します→紹介した

心配します→心配した

結婚します→結婚した

例句

☞うちに来ました。（來我家了）
↓
うちに来た。

☞友達と一緒に勉強しました。

（和朋友一起念過書了）

　　↓

　友達と一緒に勉強した。

☞子供のことを心配しました。

（擔心過孩子的事了）

　　↓

　子供のことを心配した。

• track 104

常體過去形（た形）－否定

說明

在前面學到了，常體非過去的否定形，字尾都是用「ない」的方式表現。「ない」是屬於「い形容詞」。在形容詞篇中則學過，「い形容詞」的過去式，因此「ない」的過去式就是「なかった」。

而常體過去形的否定，則只需要將常體否定形的字尾的「ない」改成「なかった」即可。

例如：

書かない（常體否定）

↓

書かなかった（常體過去否定）

⇨（一類動詞）

行かない→行かなかった

働かない→働かなかった

泳がない→泳がなかった

話さない→話さなかった

待たない→待たなかった

死なない→死ななかった

呼ばない→呼ばなかった

飲まない→飲まなかった

作らない→作らなかった

買わない→買わなかった

洗わない→洗わなかった

➪ （二類動詞）

食べない→食べなかった

開けない→開けなかった

降りない→降りなかった

借りない→借りなかった

見ない→見なかった

着ない→着なかった

➪ （三類動詞）

来ない→来なかった

しない→しなかった

勉強しない→勉強しなかった

例 句

☞昨日、手紙を書きませんでした。（昨天沒有寫信）

↓

昨日、手紙を書かなかった。

☞昨日、家を出ませんでした。（昨天沒有出門）

↓

昨日、家を出なかった。

使用た形的表現

食べた事があります
食べたほうがいいです
食べたり飲んだりしました

食べた事があります

有吃過

「～た事があります」是表示有沒有做過某件事情，用來表示經歷。

例 句

☞日本へ行った事がありますか。

　有去過日本嗎？

☞サメを見た事があります。

　有看過鯊魚。

☞この本を読んだ事があります。

　有讀過這本書。

☞手紙を書いた事がありますか。

　有寫過信嗎？

☞日本語で話した事があります。

　有用日文講過話。

☞お花見に行った事がありますか。

　有去賞過花嗎？

• track 106

食べたほうがいいです
最好是吃

説明

「～たほうがいいです」是提供對方意見，表示這麼做會比較好。

例句

☞カタカナで書いたほうがいいです。

最好用片假名寫。

☞傘を持って行ったほうがいいです。

最好帶傘去。

☞名前を書いたほうがいいです。

最好寫上名字。

☞もっと勉強したほうがいいです。

最好多用功點。

☞そうしたほうがいいです。

這麼做最好。

☞早く休んだほうがいいです。

早點休息比較好。

食べたり飲んだりしました
吃吃喝喝

説明

「～たり～たりする」是表示做做這個、做做那個。並非同時進行，也並非有固定的順序，而是從自己做過的事情當中，挑選幾樣說出來。

例句

☞日曜日は寝たり食べたりしました。

星期日在吃吃睡睡中度過。

☞今日は本を読んだり絵を描いたりしました。

今天讀了書、畫了畫。

☞朝は洗濯したり散歩したりします。

早上會洗衣服、散步。

☞休日は友達に会ったり音楽を聴いたりします。

假日會和朋友見面、聽聽音樂。

☞毎日アニメを見たり漫画を読んだりします。

每天看看卡通、看看漫畫。

☞毎日掃除したりご飯を作ったりします。

每天打掃、作飯。

て形

て形－一類動詞
て形－二類動詞
て形－三類動詞

て形－一類動詞

説　明

て形是屬於接續的用法，一類動詞的て形變
化又可依照動詞ます形的語幹最後一個字，
分為下列幾種：

1・語幹最後一個字為い、ち、り→って
2・語幹最後一個字為き、ぎ→いて、いで
3・語幹最後一個字為み、び、に→んで
4・語幹最後一個字為し→して

•track 108

一類動詞(1)

語幹最後一個字為
い、ち、り→って

▷ (い、ち、り→っ＋て)

払<small>はら</small>います→払<small>はら</small>って

歌<small>うた</small>います→歌<small>うた</small>って

作<small>つく</small>ります→作<small>つく</small>って

送<small>おく</small>ります→送<small>おく</small>って

売<small>う</small>ります→売<small>う</small>って

待<small>ま</small>ちます→待<small>ま</small>って

持<small>も</small>ちます→持<small>も</small>って

立<small>た</small>ちます→立<small>た</small>って

行<small>い</small>きます→行<small>い</small>って （此為特殊變化）

一類動詞(2)

語幹最後一個字為
き、ぎ→いて、いで

⇨ （き→い＋て／ぎ→い＋で）

聞（き）きます→聞（き）いて

泣（な）きます→泣（な）いて

歩（ある）きます→歩（ある）いて

働（はたら）きます→働（はたら）いて

泳（およ）ぎます→泳（およ）いで

脱（ぬ）ぎます→脱（ぬ）いで

一類動詞(3)

語幹最後一個字為
み、び、に→んで

▷ （み、び、に→ん＋で）

読みます→読んで

住みます→住んで

休みます→休んで

飛びます→飛んで

呼びます→呼んで

遊びます→遊んで

死にます→死んで

一類動詞(4)

語幹最後一個字為
し→して

▷ （し→し＋て）
消します→消して
貸します→貸して
返します→返して

て形－二類動詞

説明

二類動詞要變化成て形，只需要把動詞ます
形的語幹後面加上「て」即完成變化。

例如：

食べます

↓

食べ~~ます~~

↓

食べて

⇨ （ます→て）

教えます→教えて

掛けます→掛けて

見せます→見せて

捨てます→捨てて

始めます→始めて

寝ます→寝て

出ます→出て

います→いて

着ます→着て

飽きます→飽きて

起きます→起きて

生_いきます→生_いきて

過_すぎます→過_すぎて

似_にます→似_にて

見_みます→見_みて

降_おります→降_おりて

できます→できて

• track 111

て形－三類動詞

説明

三類動詞為特殊的變化，變化的方法如下：
来ます→来て
します→して
勉強します→勉強して

⇨ （ます→て）

　来ます→来て（請注意發音的變化）

　します→して
　勉強します→勉強して
　洗濯します→洗濯して
　質問します→質問して
　説明します→説明して
　紹介します→紹介して
　心配します→心配して
　結婚します→結婚して

形的表形 使用て

書いています
書いてください
書いてもいいですか
書いてはいけません
書いてほしいです
書いてあります
書いておきます
書いてみます
書いてしまいます
書いてしまいました

書いています
正在寫

説明

「～ています」是表示動作持續的狀態。

例句

☞木村さんは結婚しています。

木村先生（小姐）已婚。

☞赤ちゃんは寝ています。

小寶寶正在睡覺。

☞学生は先生と話しています

學生正在和老師講話。

☞彼女は友達を待っています。

她正在等朋友。

☞今は本を読んでいます。

現在正在讀書。

☞朝からずっと働いています。

從早上就一直在工作。

書_かいてください
請寫

説 明

「〜てください」是表示請求、要求的意思。

例 句

☞ここに記入_{きにゅう}してください。

請在這裡填入。

☞ドアを開_あけてください。

請打開門。

☞教_{おし}えてください。

請教我。

☞この文_{ぶん}を読_よんでください。

請讀這個句子。

☞私_{わたし}の話_{はなし}を聞_きいてください。

請聽我說。

☞早_{はや}く寝_ねてください。

請早點睡。

書いてもいいですか

可以寫嗎

説明

「～てもいいですか」的意思是詢問可不可以做什麼事情。

例句

☞タバコを吸ってもいいですか。

可以吸菸嗎？

☞ここで座ってもいいですか。

可以坐在這裡嗎？

☞写真をとってもいいですか。

可以讓我拍照嗎？

☞トイレに行ってもいいですか。

可以去洗手間嗎？

☞質問してもいいですか。

可以發問嗎？

☞テレビを見てもいいですか。

可以看電視嗎？

☞ここで降りてもいいですか。

可以在這裡下車嗎？

書いてはいけません
不能寫

説明

「～てはいけません」是表示強烈的禁止，說明不能做某個動作。

例句

☞休んではいけません。

不能休息。

☞漫画を読んではいけません。

不可以看漫畫。

☞お酒を飲んではいけません。

不可以喝酒。

☞カンニングしてはいけません。

不可以作弊。

☞パソコンを使ってはいけません。

不可以用電腦。

☞アイスを食べてはいけません。

不可以吃冰。

書いてほしいです

希望對方寫

説明

「～てほしいです」是表示希望別人做某件事情，可以用在要求或是表示希望的場合。

例句

☞大きい声で歌ってほしいです。

希望對方大聲的唱。

☞早く起きてほしいです。

希望對方早點起床。

☞社員がもっとインターネットを使ってほしいです。

希望職員能多利用網路。

☞子犬がもっと食べてほしいです。

希望小狗多吃點。

☞立ってほしいです。

希望對方站起來。

☞ちゃんと練習してほしいです。

希望對方好好練習。

書いてあります
有寫著

説明

「～てあります」的句型，是表示物體狀態的意思，通常都是使用他動詞。

例句

☞壁に絵が掛けてあります。

牆上掛著畫。

☞部屋にポスターが張ってあります。

房間裡貼著海報。

☞このノートには名前が書いてあります。

這本筆記本寫著名字。

☞ホワイトボードに私の似顔絵が描いてあります。

白板上畫著我的肖像畫。

☞教室にカメラが設置してあります。

教室裡架設著相機。

☞机の上に鉢植が飾ってあります。

桌上裝飾著盆栽。

書いておきます

預先寫好

説明

「～ておきます」是表示預先做好某件事情的意思。

例句

☞ 冷蔵庫に麦茶を冷やしておきました。

已經先把麥茶冰在冰箱了。

☞ 荷物を詰め込んでおきました。

已經把行李塞好了。

☞ エアコンをつけておきます。

先把冷氣開著。

☞ データを入力しておきます。

資料預先輸入完成。

☞ 文書をコピーしておきます。

書面資料事先影印好。

☞ 資料を机の上に置いておいてください。

資料請先放在桌上。

書_かいてみます
試著寫／寫寫看

說明

「～てみます」是表示試著去做某件事的意思，就像是中文裡會說的「試試看」「吃吃看」「寫寫看」的意思。

例句

☞ 日本_{にほん}へ行_いってみます。

去日本看看。

☞ 挑戦_{ちょうせん}してみます。

挑戰看看。

☞ 是非食_{ぜひた}べてみてください。

請務必吃吃看。

☞ 一度料理_{いちどりょうり}を作_{つく}ってみたいです。

試著做一次菜。

☞ 自分_{じぶん}で服_{ふく}を作_{つく}ってみました。

試著自己做衣服。

☞ 空_{そら}を飛_とんでみたいです。

想在天空飛看看。

書いてしまいました

寫完了／不小心寫了

説明

「～てしまいました」是表示完成了某件事情，或是表示不小心做了某件不該做的事情。

例句

☞ この本を全部読んでしまいました。

把這本書全部讀完了。

☞ 彼は私のケーキを食べてしまいました。

他不小心把我的蛋糕吃掉了。

☞ 大きい声で歌ってしまいました。

不小心唱得太大聲。

☞ コピー機が壊れてしまいました。

影印機壞了。

☞ つい食べてしまいました。

不小心吃了。

☞ 人の悪口を言ってしまいました。

不小心說了別人的壞話。

使用常體的表現

常體概説

行くらしいです

行くそうです

行くみたいです

行くようです

行くことにしました

行くことになりました

行くつもりです

行くと思います

行くだろうと思います

行くかもしれません

行くかどうかわかりません

行くんじゃないかと思います

行くといいました

行くと聞きました

行くように言いました

常體概說

説明

「常體」即是在與平輩或是較熟識的朋友間談話時所使用的形式，也可稱為「普通形」。如同前面所介紹的，動詞、名詞、形容詞，都分成敬體和常體的形式。下面先複習一下動詞、名詞和形容詞的敬體與常體，在後面的篇章中，則介紹經常使用常體的各種表現句型。

名詞

敬體非過去	先生です。
常體非過去	先生だ。
敬體非過去否定	先生ではありません。
常體非過去否定	先生ではない。
敬體過去	先生でした。
常體過去	先生だった。
敬體過去否定	先生ではありませんでした。
常體過去否定	先生ではなかった。

• track 117

い形容詞	
敬體非過去	おもしろいです。
常體非過去	おもしろい。
敬體非過去否定	おもしろくないです。
常體非過去否定	おもしろくない。
敬體過去	おもしろかったです。
常體過去	かわいかった。
敬體過去否定	おもしろくなかったです。
常體過去否定	おもしろくなかった。

な形容詞	
敬體非過去	まじめです。
常體非過去	まじめだ。
敬體非過去否定	まじめではありません。 ／まじめじゃありません。
常體非過去否定	まじめではない。 ／まじめじゃない。
敬體過去	まじめでした。
常體過去	まじめだった。

| 敬體過去否定 | まじめではありませんでした。
／まじめじゃありませんでした。 |
| 常體過去否定 | まじめではなかった。
／まじめじゃなかった。 |

一類動詞（語幹最後一個字為い、ち、り）

敬體非過去	買います。
常體非過去（字典形）	買う。
敬體非過去否定	買いません。
常體非過去否定	買わない。
敬體過去	買いました。
常體過去	買った。
敬體過去否定	買いませんでした。
常體過去否定	買わなかった。

一類動詞（語幹最後一個字為み、び、に）

敬體非過去	飲みます。
常體非過去（字典形）	飲む。
敬體非過去否定	飲みません。
常體非過去否定	飲まない。

敬體過去	飲みました。
常體過去	飲んだ。
敬體過去否定	飲みませんでした。
常體過去否定	飲まなかった。

一類動詞（語幹最後一個字為し）

敬體非過去	話します。
常體非過去（字典形）	話す。
敬體非過去否定	話しません。
常體非過去否定	話さない。
敬體過去	話しました。
常體過去	話した。
敬體過去否定	話しませんでした。
常體過去否定	話さなかった。

一類動詞（語幹最後一個字為き、ぎ）

敬體非過去	書きます。
常體非過去（字典形）	書く。
敬體非過去否定	書きません。

• track 119

常體非過去否定	書かない。
敬體過去	書きました。
常體過去	書いた。
敬體過去否定	書きませんでした。
常體過去否定	書かなかった。

二類動詞

敬體非過去	食べます。
常體非過去（字典形）	食べる。
敬體非過去否定	食べません。
常體非過去否定	食べない。
敬體過去	食べました。
常體過去	食べた。
敬體過去否定	食べませんでした。
常體過去否定	食べなかった。

三類動詞－来ます

| 敬體非過去 | 来ます。 |
| 常體非過去（字典形） | 来る。 |

敬體非過去否定	来ません。
常體非過去否定	来ない。
敬體過去	来ました。
常體過去	来た。
敬體過去否定	来ませんでした。
常體過去否定	来なかった。

三類動詞－します

敬體非過去	します。
常體非過去（字典形）	する。
敬體非過去否定	しません。
常體非過去否定	しない。
敬體過去	しました。
常體過去	した。
敬體過去否定	しませんでした。
常體過去否定	しなかった。

1. 行くらしいです

   好像要去

2. 行かないらしいです

   好像不去

説明

「らしい」是「好像」的意思，基於自己接獲的情報、資訊而做出判斷的時候，就可以用「常體」＋「らしい」。但是在遇到「名詞」和「な形容詞」的時候，則要去掉常體的「だ」直接加上「らしい」。

例句

☞彼は書くらしいです。

　他好像要寫。

☞彼は書かないらしいです。

　他好像不寫。

☞彼女は食べるらしいです。

　她好像要吃。

☞彼女は食べないらしいです。

　她好像不吃。

☞山本さんは来るらしいです。

　山本先生好像要來。

☞山本さんは来ないらしいです。

　山本先生好像不來。

• track 120

☞あの人は弁護士らしいです。
（弁護士だ→弁護士らしい）

那個人好像是律師。

☞この辺は静からしいです。
（静かだ→静からしい）

這附近好像很安靜。

☞山田さんの娘さんは優しいらしいです。

山田先生的女兒好像很溫柔。

1. 行くそうです
   聽說要去

2. 行かないそうです
   聽說不去

説明

「そう」是「聽說」的意思，表示自己從新聞、別人口中等得到的資訊，原封不動的再次轉述給別人聽時，就可以用「常體」＋「そう」來表示。

例句

☞彼は買うそうです。

　聽說他要買。

☞彼は買わないそうです。

　聽說他不買。

☞田中さんは出るそうです。

　聽說田中先生會出席。

☞田中さんは出ないそうです。

　聽說田中先生不會出席。

☞先生は旅行するそうです。

　聽說老師要去旅行。

☞先生は旅行しないそうです。

　聽說老師不旅行。

• track 121

☞田中さんは弁護士だそうです。

（弁護士だ＋そう）

聽說田中先生是律師。

☞この辺は静かだそうです。

（静かだ＋そう）

聽說這附近很安靜。

☞山田さんの娘さんは優しいそうです。

聽說山田先生的女兒很溫柔。

---

1. 行くみたいです
好像要去

2. 行かないみたいです
好像不去

説明

「みたい」是「好像」的意思，和「らしい」
不同的是，「みたい」依據自己的觀察所做
出的結論。因此在以自己意見為主的表達上，
可以用「常體」＋「みたい」。但是在遇到
「名詞」和「な形容詞」的時候，則要去掉
常體的「だ」直接加上「みたい」。

例句

☞田中さんは怒っていたみたいです。

　田中先生好像在生氣。

☞田中さんは怒っていないみたいです。

　田中先生好像沒有生氣。

☞田中君は学校を辞めたみたいです。

　田中好像休學了。

☞風邪を引いたみたいです。

　好像感冒了。

☞田中さんは甘いものが嫌いみたいです。

　（嫌いだ→嫌いみたい）

　田中先生好像討厭甜食。

• track 122

☞田中さんは辛いものが好きみたいです。

（好きだ→好きみたい）

　田中先生好像喜歡辣的食物。

☞あの人は近所の人みたいです。

（近所の人だ→近所の人みたい）

　那個人好像是住附近的人。

☞このレストランはいいみたいです。

　那家餐廳好像很好。

1. 行くようです
   好像要去

2. 行かないようです
   好像不去

説明

「よう」的意思和「みたい」一樣，但是「よう」是比較正式的說法。而在接續的方法上，也是「常體」＋「よう」。而名詞和な形容詞的接續方法則是：「名詞」＋「の」＋「よう」；「な形容詞」＋「な」＋「よう」。

例句

☞彼は書くようです。

　他好像要寫。

☞彼は書かないようです。

　他好像不寫。

☞こちらのカレーのほうがちょっとおいしいようです。

　這邊的咖哩好像比較好吃。

☞あの人は学生ではないようです。

　那個人好像不是學生。

☞あの人は学生のようです。

　那個人好像是學生。

☞田中さんは甘いものが好きなようです。

　田中先生好像喜歡吃甜食。

• track 123

---

1. 行くことにしました
   決定要去

2. 行かないことにしました
   決定不去

説明

「常體」＋「こと」＋「に」＋「します」，
是表示自己決定要做某件事情。因為是要說
明已經決定的事情，因此多半是用過去式來
表示。

例句

☞書くことにしました。

　決定要寫。

☞書かないことにしました。

　決定不寫。

☞甘いものを食べないことにしました。

　決定不吃甜食。

☞野菜をたくさん食べることにしました。

　決定要吃很多蔬菜。

☞明日から毎日運動することにしました。

　決定明天開始要每天運動。

☞今日からちゃんと勉強することにしました。

　決定今天開始要好好用功。

• track 124

---

1. 行くことになりました
   結果要去

2. 行かないことになりました
   結果不能去

説明

「ことになりました」是表示事情的結果演
變成如此，是大家共同討論的結果，或者是
自己無法控制的結果。如果是要接續名詞時，
則要「名詞」＋「という」＋「ことになり
ました」。

例句

☞今度東京へ転勤することになりました。

結果這次要調職到東京。

（調職非自己可控制的結果）

☞始末書を書くことになりました。

結果要寫悔過書。（被迫要寫）

☞始末書を書かないことになりました。

結果不用寫悔過書。（非自己控制的結果）

☞話し合った結果、結婚ということになりました。

商量的結果，決定要結婚。

（共同決定的結果，非個人決定）

• track 124

1. 行くつもりです
打算要去

2. 行かないつもりです
不打算去

說明

「つもり」是「打算」「準備」的意思，表示自己打算要做某件事，或是不做某件事。

例句

☞書くつもりです。

打算要寫。

☞書かないつもりです。

不打算寫。

☞書くつもりはありません。

沒有寫的打算。

☞買うつもりです。

打算買。

☞買わないつもりです。

不打算買。

☞買うつもりはありません。

沒有買的打算。

☞来年日本へ旅行するつもりです。

明年打算去日本旅行。

☞甘いものは、もう食べないつもりです。

準備從今後不再吃甜食。

• track 125

1. 行くと思います
我想會去

2. 行かないと思います
我想不會去

説 明

「思います」是表示自己主觀的看法，表示自己覺得會做什麼事；或是表達自己的意見時，表示「我覺得～」。在日語對話中，常會用「思います」委婉表達自己的意見。接續的方式是「常體」＋「と」＋「思います」。

例 句

☞彼は書くと思います。

我覺得他會寫。

☞彼は書かないと思います。

我覺得他不會寫。

☞先生は来ると思います。

我認為老師會來。

☞先生は来ないと思います。

我認為老師不會來。

☞正しいと思います。

我認為正確。

☞正しくないと思います。

我認為不正確。

☞きれいだと思います。

我覺得美麗。

☞きれいじゃないと思います。

我覺得不美麗。

☞あの人は山田さんだと思います。

我覺得那個人是山田先生。

☞あの人は山田さんではないと思います。

我覺得那個人不是山田先生。

1. 行くだろうと思います
   我覺得大概會去

2. 行かないだろうと思います
   我覺得大概不會去

説明

「だろう」是表示推測，也就是「大概～吧」
的意思，再加上「思います」，即是「我覺
得大概～吧」的意思。是表達自己的推測時
所用的表現。在接續的方式上，動詞是「常
體」＋「だろうと思います」，而な形容詞
和名詞則是去掉常體的「だ」，直接加上「だ
ろうと思います」。

例句

☞明日もきっといい天気だろうと思います。

我想明天大概也會是好天氣吧。

☞たぶんこの辺も静かだろうと思います。

這附近大概很安靜吧。

☞沖縄では、今はもう暖かいだろうと思います。

沖繩現在大概很已經很暖和了吧。

☞彼はきっと書けるだろうと思います。

我覺得他大概會寫吧。

☞彼はきっと書けないだろうと思います。

我覺得他大概不會寫吧。

---

1. 行くかもしれません
也許會去

2. 行かないかもしれません
也許不會去

説明

「かもしれません」是表示「可能」「說不定」的意思，表示自己也不確定。在接續的方式上，是「常體」＋「かもしれません」；而「名詞」和「な形容詞」則是去掉常體的「だ」再加上「かもしれません」。

例句

☞あの人はここの社長かもしれません。

那個人說不定是這裡的社長。

☞そっちのほうが静かかもしれません。

那邊說不定會比較安靜。

☞雪が降るかもしれません。

說不定會下雪。

☞彼はもう寝ているかもしれません。

他說不定已經睡了。

☞あの人は来ないかもしれません。

那個人說不定不來了。

☞このままでいいかもしれません。

就照這樣說不定很好。

• track　127

行くかどうかわかりません
不知道會不會去

説明

「～かどうか」是表示「要不要～」或「會不會～」，「かわかりません」則是「不知道」的意思。「～かどうかわかりません」全句意思即是「不知道會不會～」。
接續的方式是「常體」＋「かどうか」，但是「名詞」和「な形容詞」則要去掉常體的「だ」再加上「かどうか」。

例句

☞書くかどうかわかりません。

　不知道寫不寫。

☞食べるかどうかわかりません。

　不知道吃不吃。

☞来るかどうかわかりません。

　不知道來不來。

☞彼は先生かどうかわかりません。

　（先生だ→先生かどうか）

　不知道他是不是老師。

☞パソコンは便利かどうかわかりません。

　（便利だ→便利かどうか）

　不知電腦便不便利。

☞テストは難しいかどうかわかりません。

　不知道考試難不難。

• track 128

---

1. 行くんじゃないかと思います
   我想是會去吧

---

2. 行かないんじゃないかと思います
   我想是不會去吧

説明

「～んじゃないか」是表示「不是～嗎」，
用法類似於中文裡的「不是～嗎」，也就是
反問的方式，如「不是他嗎」，意思其實為
「是他吧」。後面加上「と思います」則表
示是自己認為的想法。在接續的方式上，則
是「常體」＋「んじゃないかと思います」；
而「名詞」和「な形容詞」則要把常體的
「だ」換成「な」再加上「んじゃないかと
思います」。

例句

☞ 彼は書くんじゃないかと思います。

　我想他應該會寫吧。

☞ 彼は書かないんじゃないかと思います。

　我想他應該不會寫吧。

☞ 彼は来るんじゃないかと思います。

　我想他應該要來吧。

☞ 彼は来ないんじゃないかと思います。

　我想他應該不會來吧。

• track 128

☞彼は会社を辞めるんじゃないかと思います。

我想他應該會辭職吧。

☞彼は会社を辞めないんじゃないかと思います。

我想他應該不會辭職吧。

☞彼は先生なんじゃないかと思います。

我想他應該是老師吧。

☞パソコンは便利なんじゃないかと思います。

我想電腦應該很方便吧。

☞明日のテストは難しいんじゃないかと思います。

明天的考試應該很難吧。

1. 彼は行くと言いました
   他說會去

2. 彼は行かないと言いました
   他說不會去

說明

「と言いました」是表示「說：～」，通常用在敘述某人說了什麼話。接續的方式是「常體」＋「と言いました」。

例句

☞彼は書くと言いました。

　他說要寫。

☞彼は書かないと言いました。

　他說不寫。

☞先生は行くと言いました。

　老師說會去。

☞先生は行かないと言いました。

　老師說不會去。

☞彼はここは静かだと言いました。

　他說這裡很安靜。

☞先生は彼はいい学生だと言いました。

　老師說他是好學生。

☞社長はおいしいと言いました。

　社長說好吃。

• track 129

1. 彼は行くと聞いています
聽說他要去

2. 彼は行かないと聞いています
聽說他不去

說明

「と聞いています」是「聽說」的意思，用在表示自己聽說了什麼事情。接續的方式是「常體」＋「と聞いています」。

例句

☞彼はレポートを出すと聞いています。

聽說他要交報告。

☞彼はレポートを出さないと聞いています。

聽說他不交報告。

☞ここは昔は公園だったと聞いています。

聽說這裡以前是公園。

☞先週のテストは難しかったと聞いています。

聽說上週的考試很難。

☞新しい携帯は便利だと聞いています。

聽說新型手機很方便。

意量形

意量形概説

意量形又稱為「意志形」，是在表示自己本身的「意志」「意願」時所使用的形式。變化的形式可以分為：

1. 意量形—一類動詞
2. 意量形—二類動詞
3. 意量形—三類動詞

• track 130

意量形－一類動詞

説明

一類動詞的意量形，是將動詞ます形語幹的最後一個字，從「い段」變為「お段」，然後再加上「う」。例如：

書きます（ます形）

↓

書こ（「か」行「い段音」的「き」→「お段」的「こ」；即ki→ko）

↓

書こ＋う（加上「う」）

↓

書こう（完成意量形）

⇨ （「い段音」→「お段音」＋「う」）

書きます→書こう

泳ぎます→泳ごう

話します→話そう

立ちます→立とう

呼びます→呼ぼう

住みます→住もう

乗ります→乗ろう

使います→使おう

例　句

☞学校へ行きます。（去學校）
　↓
　学校へ行こう。（打算去學校／去學校吧）

☞プールで泳ぎます。（在游泳池游泳）
　↓
　プールで泳ごう。（打算在游泳池游泳／去游泳池游泳吧）

☞電車に乗ります。（坐火車）
　↓
　電車に乗ろう。（打算坐火車／去做火車吧）

意量形－二類動詞

説明

二類動詞的意量形，只要將動詞的ます去掉，
再加上「よう」即完成變化。例如：

食べます
↓
食べ~~ます~~
↓
食べ＋よう
↓
食べよう

▷（ます→よう）

教(おし)えます→教(おし)えよう

掛(か)けます→掛(か)けよう

見(み)せます→見(み)せよう

捨(す)てます→捨(す)てよう

始(はじ)めます→始(はじ)めよう

寝(ね)ます→寝(ね)よう

出(で)ます→出(で)よう

いEます→いよう

着(き)ます→着(き)よう

飽(あ)きます→飽(あ)きよう

起(お)きます→起(お)きよう

生きます→生きよう

過ぎます→過ぎよう

見ます→見よう

降ります→降りよう

例 句

☞野菜を食べます。（吃蔬菜）

↓

野菜を食べよう。（打算吃蔬菜／吃蔬菜吧）

☞電車を降ります。（下火車）

↓

電車を降りよう。（打算下火車／下火車吧）

☞朝早く起きます。（一大早起床）

↓

朝早く起きよう。（打算早起／一起早起吧）

意量形－三類動詞

説明

三類動詞的意量形變化方法如下：
来ます→来よう（請注意發音）
します→しよう
勉強します→勉強しよう

⇨ （ます→よう）

来ます→来よう

します→しよう

勉強します→勉強しよう

洗濯します→洗濯しよう

質問します→質問しよう

説明します→説明しよう

紹介します→紹介しよう

結婚します→結婚しよう

運動します→運動しよう

参加します→参加しよう

旅行します→旅行しよう

案内します→案内しよう

食事します→食事しよう

買い物します→買い物しよう

例 句

☞うちに来ます。（來我家）
　　↓
　うちに来よう（來我家吧）

☞一緒に勉強します。（一起念書）
　　↓
　一緒に勉強しよう。（打算一起念書／一起念書吧）

☞街を案内します。（介紹附近的街道）
　　↓
　街を案内しよう。（打算介紹附近的街道／我為你介紹附近的街道吧）

使用意量形的表現

行こう
行こうとしました
行こうと思っています
行こうかと思いました

•track 134

1. 行こうか
　　要走了嗎？
- -
2. 行こう
　　一起走吧！／我要走了。

説明

意量形除了可以用在表示自己的意志行動外，也可以用來表示請對方一起動作的意思。在動詞的「非過去否定疑問句」中，我們曾經學過「休みましょうか」這樣的句型，意思是邀約對方「要不要一起休息？」之意，也就是請對方共同做某件事情時所使用的句型。而這樣的句型，如果要改成朋友之間「常體」的說法，就是用「意量形」的「休もう」來表示。

例句

☞ワインを飲みましょうか。
　喝杯葡萄酒吧？

☞ワインを飲もうか。
　喝杯葡萄酒吧？

☞ワインを飲もう。
　喝葡萄酒吧！

☞じゃあ、帰りましょうか。
　那麼，要回去了嗎？／那麼，回去吧！

• track 134

☞じゃあ、帰ろうか。

　那麼，要回去了嗎？

☞じゃあ、帰ろう。

　那麼，回去吧！

☞さあ、食べましょう。

　那麼，開動吧！

☞さあ、食べようか。

　那麼，開動吧！／那麼，要開動了嗎？

☞さあ、食べよう。

　那麼，開動吧！

行こうとしました
試著要去。

説 明

「意量形」＋「としました」，是表示「試著去做某件事」之意。通常使用這種句型時，後面會接上相反的結果，也就是「試著去做某件事，但沒有成功」之意。可以對照下面的例句來理解此句型的意思。（下列例句中的後半皆為「可能形」，可參考「可能形」的章節。）

例 句

☞行こうとしましたが、行けませんでした。

雖然試著去，但去不成。

（が：可是／行けません：沒辦法去）

☞読もうとしましたが、読めませんでした。

雖然試著讀，但是沒辦法讀。

（が：可是／読めません：沒辦法讀）

☞歩こうとしましたが、歩けませんでした。

雖然試著走，但是沒辦法走。

（が：可是／歩けません：沒辦法走）

☞食べようとしましたが、食べられませんでした。

雖然試著吃，但沒辦法吃。

（が：可是／食べられません：沒辦法吃）

• track 135

☞勉強<ruby>べんきょう</ruby>しようとしましたが、できませんでした。

　雖然試著念書，但是辦不到。

　（が：可是／できません：辦不到）

☞寝<ruby>ね</ruby>ようとしても、寝<ruby>ね</ruby>られません。

　即使試著睡，還是睡不著。

　（としても：即使／寝られません：無法入睡）

☞忘<ruby>わす</ruby>れようとしても、忘<ruby>わす</ruby>れられません。

　即使試著忘記，還是忘不掉。

　（としても：即使／忘れられません：無法忘記）

行こうと思っています
打算要去

説明

意量形＋「と思っています」是表示「打算做某件事」的意思。在前面曾經提過「つもり」也是「打算」的意思，但不同的是，「つもり」前面是加上「常體」；「と思っています」的前面則是加上「意量形」。

例句

☞メールを送ろうと思っています。

打算要寄電子郵件。

☞旅行しようと思っています。

打算去旅行。

☞映画を見に行こうと思っています。

打算去看電影。

☞今週末はサッカーをしようと思っています。

本週末打算要去踢足球。

☞料理を作ろうと思っています。

打算要做菜。

☞もっと勉強しようと思っています。

打算更努力。

☞早く寝ようと思っています。

打算早點睡。

• track 136

☞今晩この本を読もうと思っています。

今晚打算讀這本書。

☞友達と一緒に食事しようと思っています。

打算和朋友一起吃飯。

命令形

命令形概說

説 明

命令形是用在命令別人做某件事時,由於命令的口氣通常是用在對方是小孩或是自己的平輩、晚輩時,所以要注意說話的對象和場合,才不會顯得不禮貌。接下來就介紹命令形的各種變化方式。

1. 命令形－一類動詞
2. 命令形－二類動詞
3. 命令形－三類動詞

• track 137

命令形－一類動詞

説明

命令形的一類動詞變化，是將ます形語幹最後一個字的由「い段」變成「え段」。例如：

行きます

↓

行き~~ます~~

↓

行け（「か」行「い段音」的「き」→「え段音」的「け」，即 ki→ke）

⇨ （い段音→え段音）

書きます→書け

泳ぎます→泳げ

話します→話せ

立ちます→立て

呼びます→呼べ

住みます→住め

乗ります→乗れ

使います→使え

例句

☞学校へ行きます。（去學校）

↓

学校へ行け。（命令你去學校！）

• track 138

☞この本を読みます。（讀這本書）
　↓
　この本を読め。（命令你讀這本書！）

☞電車に乗ります。（搭火車）
　↓
　電車に乗れ。（命令你去搭火車！）

• track 138

命令形－二類動詞

説明

二類動詞的命令形，是將動詞ます形的ます去掉，直接加上「ろ」即可。例如：

食べます
↓
食べ~~ます~~
↓
食べ＋ろ
↓
食べろ

⇨ （ます→ろ）

教えます→教えろ

掛けます→掛けろ

見せます→見せろ

捨てます→捨てろ

始めます→始めろ

飽きます→飽きろ

起きます→起きろ

生きます→生きろ

降ります→降りろ

見ます→見ろ

出ます→出ろ

寝ます→寝ろ

着ます→着ろ

例 句

☞野菜を食べます。（吃蔬菜）

　↓

　野菜を食べろ。（命令你吃蔬菜）

☞ここで降ります。（在這裡下車）

　↓

　ここで降りろ。（命令你在這裡下車）

☞早く起きます。（早起）

　↓

　早く起きろ。（命令你早起）

命令形－三類動詞

説明

三類動詞的命令形變化如下：
来ます→来い（注意發音）
します→しろ
勉強<ruby>勉強<rt>べんきょう</rt></ruby>します→勉強<ruby>勉強<rt>べんきょう</rt></ruby>しろ

⇨ （特殊變化）

来<ruby>来<rt>き</rt></ruby>ます→来<ruby>来<rt>き</rt></ruby>い

します→しろ

<ruby>勉強<rt>べんきょう</rt></ruby>します→<ruby>勉強<rt>べんきょう</rt></ruby>しろ

<ruby>洗濯<rt>せんたく</rt></ruby>します→<ruby>洗濯<rt>せんたく</rt></ruby>しろ

<ruby>質問<rt>しつもん</rt></ruby>します→<ruby>質問<rt>しつもん</rt></ruby>しろ

<ruby>説明<rt>せつめい</rt></ruby>します→<ruby>説明<rt>せつめい</rt></ruby>しろ

<ruby>紹介<rt>しょうかい</rt></ruby>します→<ruby>紹介<rt>しょうかい</rt></ruby>しろ

<ruby>結婚<rt>けっこん</rt></ruby>します→<ruby>結婚<rt>けっこん</rt></ruby>しろ

<ruby>運動<rt>うんどう</rt></ruby>します→<ruby>運動<rt>うんどう</rt></ruby>しろ

<ruby>参加<rt>さんか</rt></ruby>します→<ruby>参加<rt>さんか</rt></ruby>しろ

<ruby>旅行<rt>りょこう</rt></ruby>します→<ruby>旅行<rt>りょこう</rt></ruby>しろ

<ruby>案内<rt>あんない</rt></ruby>します→<ruby>案内<rt>あんない</rt></ruby>しろ

<ruby>食事<rt>しょくじ</rt></ruby>します→<ruby>食事<rt>しょくじ</rt></ruby>しろ

<ruby>買<rt>か</rt></ruby>い<ruby>物<rt>もの</rt></ruby>します→<ruby>買<rt>か</rt></ruby>い<ruby>物<rt>もの</rt></ruby>しろ

例　句

☞うちに来ます。（來我家）
　　↓
　　うちに来い（命令你來我家）

☞一緒に勉強します。（一起念書）
　　↓
　　一緒に勉強しろ。（命令你和我一起念書）

☞街を案内します。（介紹附近的街道）
　　↓
　　街を案内しろ。（命令你介紹附近的街道）

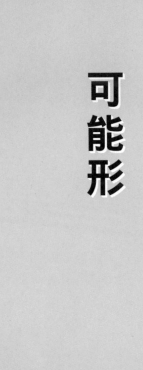

可
能
形

可能形概說

可能形是用在表現自己的能力，比如說「可能做到某件事」「能夠完成某件事」時，就是用可能形來表現。下面會介紹動詞的可能形變化：

1. 可能形－一類動詞
2. 可能形－二類動詞
3. 可能形－三類動詞

可能形－一類動詞

説明

一類動詞的可能形變化和命令形很像，都是將動詞ます形的語幹，從「い段音」改成「え段音」。但是不同的是，可能形的動詞還是保有「ます」的形式。（可能形的常體則是將動詞ます形改成可能形後，再將ます改成る）

一類動詞的可能形變化如下：

行きます
↓
行けます（「か」行「い段音」的「き」→
　　　　　「え段音」的「け」，即ki→ke）
↓
行ける（行けます的常體）

⇨ （「い段音」→「え段音」）

書きます→書けます
泳ぎます→泳げます
話します→話せます
立ちます→立てます
呼びます→呼べます
住みます→住めます
乗ります→乗れます
使います→使えます

例 句

☞ 学校へ行きます。（去學校）
↓
学校へ行けます。（會去學校）

☞ 本を読みます。（讀書）
↓
本が読めます。（看得懂書）

☞ 電車に乗ります。（搭火車）
↓
電車に乗れます。（會搭火車）

可能形－二類動詞

説 明

二類動詞的可能形，是將動詞ます形的「ます」改成「られます」即可。（同樣的，可能形常體則將「ます」改成「る」即可）例如：

食べます

↓

食べ＋られます（ます→られます）

↓

食べられます

↓

食べられる（食べられます的常體）

➪ （ます→られます）

教えます→教えられます

掛けます→掛けられます

見せます→見せられます

捨てます→捨てられます

始めます→始められます

飽きます→飽きられます

起きます→起きられます

生きます→生きられます

降ります→降りられます

• track 143

見ます→見えます／見られます

出ます→出られます

寝ます→寝られます

着ます→着られます

例句

☞野菜を食べます。（吃蔬菜）
↓
野菜が食べられます。

（可以吃蔬菜／蔬菜可以吃）

☞ここで降ります。（在這裡下車）
↓
ここで降りられます。（可以在這裡下車）

☞早く起きます。（早起）
↓
早く起きられます。（可以早起）

• 334

可能形－三類動詞

説明

三類動詞的可能形變化如下：（常體只需將
「ます」改成「る」即可）
来ます→来られます（注意發音）
します→できます
<ruby>勉強<rt>べんきょう</rt></ruby>します→<ruby>勉強<rt>べんきょう</rt></ruby>できます

⇨ （特殊變化）

<ruby>来<rt>き</rt></ruby>ます→<ruby>来<rt>こ</rt></ruby>られます（注意發音）

します→できます

<ruby>勉強<rt>べんきょう</rt></ruby>します→<ruby>勉強<rt>べんきょう</rt></ruby>できます

<ruby>洗濯<rt>せんたく</rt></ruby>します→<ruby>洗濯<rt>せんたく</rt></ruby>できます

<ruby>質問<rt>しつもん</rt></ruby>します→<ruby>質問<rt>しつもん</rt></ruby>できます

<ruby>説明<rt>せつめい</rt></ruby>します→<ruby>説明<rt>せつめい</rt></ruby>できます

<ruby>紹介<rt>しょうかい</rt></ruby>します→<ruby>紹介<rt>しょうかい</rt></ruby>できます

<ruby>結婚<rt>けっこん</rt></ruby>します→<ruby>結婚<rt>けっこん</rt></ruby>できます

<ruby>運動<rt>うんどう</rt></ruby>します→<ruby>運動<rt>うんどう</rt></ruby>できます

<ruby>参加<rt>さんか</rt></ruby>します→<ruby>参加<rt>さんか</rt></ruby>できます

<ruby>旅行<rt>りょこう</rt></ruby>します→<ruby>旅行<rt>りょこう</rt></ruby>できます

<ruby>案内<rt>あんない</rt></ruby>します→<ruby>案内<rt>あんない</rt></ruby>できます

<ruby>食事<rt>しょくじ</rt></ruby>します→<ruby>食事<rt>しょくじ</rt></ruby>できます

<ruby>買<rt>か</rt></ruby>い<ruby>物<rt>もの</rt></ruby>します→<ruby>買<rt>か</rt></ruby>い<ruby>物<rt>もの</rt></ruby>できます

• track 144

例 句

☞ 会社に来ます。（來公司）
　↓
　会社に来られます。（可以來公司）

☞ 一緒に勉強します。（一起念書）
　↓
　一緒に勉強できます。（可以一起念書）

☞ 街を案内します。（介紹附近的街道）
　↓
　街が案内できます。（能夠介紹附近的街道）

• track 144

可能動詞句

にほんご
日本語が書けます

會寫日語

說明

可能動詞句的句型，基本上和自動詞句相同，
需要注意的是，當「他動詞」改成「可能動
詞」之後，原本「他動詞句」中，表示受詞
的「を」，在「可能動詞句」中，就要變成
「が」。

例句

☞お酒を飲みます。

　喝酒。

☞お酒が飲めます。

　可以喝酒。

☞家を買います。

　買房子。

☞家が買えます。

　買得起房子。

☞山を見ます。

　看著山。

☞山が見えます。

　可以看見山。（見えます：自然進入視野）

☞この番組がやっと見られます。

　終於可以看到這個節目。

　（見られます：刻意去看而且可以看得到）

☞音を聞きます。

　聽聲音。

☞音が聞こえます。

　可以聽到聲音。

　（聞こえます：自然地聽見）

☞新曲がやっと聞けます。

　終於可以聽到新歌了。

　（聞けます：刻意去聽而可以聽見）

被動形

被動形－一類動詞
被動形－二類動詞
被動形－三類動詞

被動形－一類動詞

説明

一類動詞的被動形，是將動詞ます形的語幹，從「い段音」改成「あ段音」後，再加上「れ」。而被動形的動詞還是保有「ます」的形式。（被動形的常體則是將動詞ます形改成可能形後，再將ます改成る）

一類動詞的可能形變化如下：

行きます

↓

行かます（「か」行「い段音」的「き」→
　　　　「あ段音」的「か」，即ki→ka）

↓

行かれます（在「か」的後面再加上「れ」，
　　　　即完成被動形）

↓

行かれる（行かれます的常體）

此外，若是語幹的最後一個字是「い」的時候，則不是變成「あ」而是變成「わ」，例如：

誘います（邀請）→誘われます（被邀請）

➪ （「い段音」→「あ段音」＋「れ」）

　書きます→書かれます

● track 146

泳ぎます→泳がれます

話します→話されます

立ちます→立たれます

呼びます→呼ばれます

住みます→住まれます

乗ります→乗られます

使います→使われます

例　句

☞学校へ行きます。（去學校）

↓

学校へ行かれます。（被叫去學校）

☞本を読みます。（讀書）

↓

私の本を読まれます。（我的書被別人讀了）

☞私が笑います。（我在笑）

↓

私が笑われます。（我被別人笑）

被動形－二類動詞

説明

二類動詞的被動形，和可能動詞相同，是將
動詞ます形的「ます」改成「られます」即
可。（同樣的，可能形常體則將「ます」改
成「る」即可）例如：

食べます
↓
食べ＋られます（ます→られます）
↓
食べられます
↓
食べられる（食べられます的常體）

⇨（ます→られます）

教えます→教えられます

掛けます→掛けられます

見せます→見せられます

捨てます→捨てられます

始めます→始められます

飽きます→飽きられます

起きます→起きられます

降ります→降りられます

見ます→見られます

着ます→着られます

• track 147

例　句

☞野菜を食べます。（吃蔬菜）

↓

私の野菜を食べられます。（我的蔬菜被吃了）

☞本を捨てます。（丟掉書）

↓

私の本を捨てられます。（我的書被丟掉）

☞私がほめます。（我稱讚別人）

↓

私がほめられます。（我被別人稱讚）

• track 148

被動形－三類動詞

說明

三類動詞的可能形變化如下：（常體只需將「ます」改成「る」即可）

来ます→来られます（注意發音）

します→されます

勉強（べんきょう）します→勉強（べんきょう）されます

⇨ （特殊變化）

来（き）ます→来（こ）られます

します→されます

勉強（べんきょう）します→勉強（べんきょう）されます

洗濯（せんたく）します→洗濯（せんたく）されます

質問（しつもん）します→質問（しつもん）されます

説明（せつめい）します→説明（せつめい）されます

紹介（しょうかい）します→紹介（しょうかい）されます

案内（あんない）します→案内（あんない）されます

例句

☞うちに来（き）ます。（來家裡）

↓

うちに来（こ）られます。（別人來家裡）

☞友達に紹介します。（介紹給朋友）
　↓
　友達に紹介されます。（被朋友介紹）

☞本を出版します。（出版書）
　↓
　本が出版されます。（書被出版）

國家圖書館出版品預行編目資料

不小心就學會日語／雅典日研所 企編.

--初版. --臺北縣汐止市 ： 雅典文化,民99.06

面； 公分. -- （全民學日語系列：08）

ISBN：978-986-6282-11-9（平裝）

1. 日語　　2. 語法

803.16　　　　　　　　　　　　　99005988

不小心就學會日語

企　　編◎雅典日研所

出 版 者◎雅典文化事業有限公司

登 記 證◎局版北市業字第五七〇號

發 行 人◎黃玉雲

執行編輯◎許惠萍

編 輯 部◎221 台北縣汐止市大同路三段 194-1 號 9 樓
　　　　　電話◎02-86473663　傳真◎ 02-86473660

郵　　撥◎18965580 雅典文化事業有限公司

法律顧問◎中天國際法律事務所
　　　　　涂成樞律師、周金成律師

總 經 銷◎永續圖書有限公司
　　　　　221 台北縣汐止市大同路三段 194-1 號 9 樓
　　　　　EmailAdd: yungjiuh@ms45.hinet.net
　　　　　網站◎ www.foreverbooks.com.tw
　　　　　郵撥◎ 18669219
　　　　　電話◎ 02-86473663
　　　　　傳真◎ 02-86473660

初　　版◎2010 年 6 月

ⓐ 雅典文化 **讀者回函卡**

謝謝您購買這本書。
為加強對讀者的服務,請您詳細填寫本卡,寄回**雅典文化**
;並請務必留下您的E-mail帳號,我們會主動將最近"好康"的促銷活動告訴您,保證值回票價。

書　　名:不小心就學會日語

購買書店:＿＿＿＿＿＿市/縣＿＿＿＿＿＿＿＿＿書店

姓　　名:＿＿＿＿＿＿　　生　日:＿＿＿年＿＿月＿＿日

身分證字號:＿＿＿＿＿＿＿＿＿＿＿＿

電　　話:(私)＿＿＿＿＿(公)＿＿＿＿＿(手機)＿＿＿＿＿

地　　址:□□□＿＿＿＿＿＿＿＿＿＿＿＿

E - mail:＿＿＿＿＿＿＿＿＿＿＿＿

年　　齡:□20歲以下　□21歲~30歲　□31歲~40歲
　　　　　□41歲~50歲　□51歲以上

性　　別:□男　□女　　婚姻:□單身　□已婚

職　　業:□學生　　□大眾傳播　□自由業　□資訊業
　　　　　□金融業　□銷售業　　□服務業　□教職
　　　　　□軍警　　□製造業　　□公職　　□其他

教育程度:□國中以下(含國中)　□高中以下
　　　　　□大專　　□研究所以上

職 位 別:□在學中　□負責人　□高階主管　□中級主管
　　　　　□一般職員　□專業人員

職 務 別:□學生　　□管理　　□行銷　□創意　□人事、行政
　　　　　□財務、法務　　　□生產　□工程　□其他＿＿＿

您從何得知本書消息?
　　□逛書店　　□報紙廣告　□親友介紹
　　□出版書訊　□廣告信函　□廣播節目
　　□電視節目　□銷售人員推薦
　　□其他＿＿＿＿＿＿＿＿＿＿＿

您通常以何種方式購書?
　　□逛書店　□劃撥郵購　□電話訂購　□傳真訂購　□信用卡
　　□團體訂購　□網路書店　□DM　　　□其他＿＿＿＿＿

看完本書後,您喜歡本書的理由?
　　□內容符合期待　□文筆流暢　□具實用性　□插圖生動
　　□版面、字體安排適當　　□內容充實
　　□其他＿＿＿＿＿＿＿＿＿＿＿

看完本書後,您不喜歡本書的理由?
　　□內容不符合期待　□文筆欠佳　□內容平平
　　□版面、圖片、字體不適合閱讀　□觀念保守
　　□其他＿＿＿＿＿＿＿＿＿＿＿

您的建議:

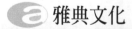